ミャンマー、わが愛

梅﨑利通

東京図書出版

目次

第一章　ヤンゴン総合病院

1

八時五十分を過ぎて、運動療法室にぞろぞろと入ってきた外来患者とその付き添いの家族は、空いているプラスチックの椅子を見つけて腰掛け、今か今かと前方の扉を見つめていた。

九時五分。扉の前でウー・チョーの大きな声が響く。目がギョロッとし、歯はキンマの葉を絶えず噛んでいるので、赤黒く変色している。

「ウー・ウィン・タン」

「ドー・キン・ジー」

「ウー・テイン・フラ」

再度大きな声で怒鳴る。

「ウー・ウィン・タン、シーラー（いますか）」

椅子に座っている患者の中から、初老の男性が左手を上げる。

「シーデー（います）」

男性は右足を引きずり、妻と思われる女性に抱えられて前方の扉を開け、大部屋の診察室に入っていった。

「ドー・キン・ジー、シーラー」

「シーデー」

腰にコルセットをした肥満の女性が若い娘と一緒に立ち上がる。

「ウー・テイン・フラ、シーラー」

車椅子に座った高齢の男性の代わりに、孫のような若者が声を上げる。

「ウー・テイン・フラ、シーデー」

ウー・チョーは手元の診察ファイルの束を見ながら、受け付けた順番に患者の名前を呼び上げた。彼はエイド、つまり雑役係だが、今日は臨時に朝一番、患者の呼び出し役を仰せつかっている。声が大きいので、名前を呼び上げるには最適だ。

今日火曜日は初診を受け付ける日なので、初めてこのヤンゴン総合病院リハビリテーション科にやってきて、要領が分からないまま、あてがわれた椅子に座っている人も多い。二十人以上はいるだろうか。診察室の中には准教授二人と講師レベルの医師四人、合計六人がそれぞれ机を構え、入ってきた患者の診察に当たりはじめた。ウー・チョーの大きな声が繰り返し響き渡る。そして、呼ばれて中に入る患者と診察が終了し出てくる患者とで、出入り口は騒然としている。

しばらくすると、その大部屋からティリー・アウン医師が、一人の患者を連れて運動療法室後方の「作業療法（ＯＴ）ユニット」に控えるウミウーのもとにやって来た。

「ウミウー、この患者さん、転倒して右上腕骨頭を骨折し、三カ月間ギプス固定していました。骨折が治ってギプスを外したのですが、肩が固まって腕を上げることができず、しかも手を動かそうとすると猛烈に痛いの。みていただけませんか」

まだ九時半前で、一人も患者がいなかったので、彼はすぐに応じた。

彼の本当の名前は松木俊幸、日本人の作業療法士（ＯＴ）だが、青年海外協力隊としてミャンマーに赴任して以来、ミャンマー名の「ウー・ミン・ウー」を使っている。「ウー」は成年男性に付ける称号で、従って彼のミャンマー名は「ミン・ウー」だ。ミャンマー語では短めに発音するらしく、彼の耳には「ウミウー」と聞こえる。だがら、自分でも「ウミウー」と名乗っている。

ミャンマーにはまだＯＴという専門職の資格制度はなく、リハビリの現場は半世紀以上に亘って専ら理学療法士（ＰＴ）だけで行われていた。だから、ウミウーのＯＴは、ミャンマー人のPTにとっては見たこともない新鮮な療法であり、患者にとっては貴重な救世主的存在であった。

「ホウケ（分かりました）。では、みてみます」

ティリー・アウン医師は患者を彼に託し、再び大部屋に戻って行った。彼女は三十代半ばの中国系のミャンマー人だが、彼がこの病院に赴任して以来、何かと気遣ってくれている。今は講師の地位にある。上肢に問題のある患者は全幅の信頼を日本人の彼に置いていて、重度の肩の疾患はいつも彼に依頼した。事実、肩関節周囲炎や五十肩の患者が目立った。特に腕の挙上が制限され、前にも横にも四十五度程度しか上がらず、かつその時に痛みを訴える女性患者が多かった。

拙いミャンマー語を駆使して患者に尋ねた。

「どうですか、自分で腕を動かせますか」

初老の女性は辛そうな表情だ。痩せている。日本人と同じような顔つきをしていた。

「ナーデー（痛いです）」

彼女は叫んだ。そして左人差し指で右肩の痛い部分を指さした。

「駄目です。ちょっとでも動かそうとすると、痛くて。骨はくっついたようですが、固定したまま動かさない期間が長かったので、ギプスを取ったら全く手を上げられないんです。

固まってしまったんじゃないかしら」

　顔をゆがめ、泣き出しそうだ。白髪が交じり、灰色の短髪だ。ドー・ティン・ミャー、六十六歳と指示箋に書いてある。このヤンゴン総合病院の南側はアノーヤター通りが東西に走り、その南側、いわゆる「ミドル・ブロック」と呼ばれる下町一帯は文字通り中国人街となっている。当然、患者には中国系の人々が多い。彼らは自分たちと日本人との区別ができないため、彼が治療したりすると、「シェーシェー（謝謝）」と中国語でお礼を言ったりした。

　ウミウーは尋ねた。

「ドー・ティン・ミャーさん、ご家族は」

「私と息子の二人だけです。夫は五年前に心臓麻痺で亡くなりました」

「息子さんは働いているのですか」

「ええ、エンジニアで、毎日朝早く出勤し、夜遅く帰ってきます」

「それでは、食事は左手で調理して食べているのですか」

「いいえ、こんな状態ですから、とても調理は無理です。宅配の仕出し弁当を取って食べています」

「毎日弁当ではお金もかかるし、大変ですね。お住まいはこの近くですか」

「二十一番通りの集合住宅の五階に住んでいます。この病院の近くです。私の足で歩いても十五分もかかりません」

これらの会話を滑らかな英語で語った。若い頃、仕事で英語を使っていたと彼女は言った。

理学療法（ＰＴ）のプラットフォーム・マットが空いていたので、そこに上がって横になってもらう。患者はマットの上に転がっていた枕を手で払い、その上に自分のハンカチを載せ、頭を横たえた。誰が頭を載せたのかも分からない枕だ。何週間も枕カバーを洗濯したり取り替えたりしたのを見たことがない。不衛生極まりないが、働いているＰＴも医師も、「それはエイドの仕事で、自分たちの権限外だ」と干渉せず、放置している。だから、やむを得ず「汚くて嫌だ」と思う外来女性患者は自分のハンカチを被せ、そこに頭を横たえる。だが、多くの患者は仕方なく、あるいは無頓着に、そのまま使用していた。

ミャンマーでは医療人と雖も、衛生観念が希薄だ。不特定の患者が触れる治療の機械・器具もＰＴの訓練道具も消毒しないし、多くの患者が横たわるプラットフォーム・マットも毎日タオルで拭くこともない。日本人なら誰でも気にする衛生面に、ミャンマー人は全く無関心だ。「現状のままでも病気にならないなら大丈夫」と信じている。何十年にも亘る軍事政権下の旧態依然、古色蒼然が病院職員の神経を麻痺させており、下手に出しゃばったりすると自分の命に関わると思えば、黙々と日常を過ごすのが処世術と言えた。

2

ここからは彼の真剣勝負だ。仰臥した患者の横で、ミャンマーの民族衣装であるロンジー姿のまま正座し、右手で患者の右肘関節部を下から持ち、左手で患者の肩甲帯全体を下からあてがい、頭の方向に水平に、ゆっくりと動かしては戻す。その際に、肩の僧帽筋も一緒に上げては戻し、緊張をほぐしていく。特に戻す時、ぐっと下へ押し下げるのを忘れてはならない。こうして肩甲骨と肩の筋緊張を和らげたあと、肩甲骨内側縁を左指先で外側に上方回旋しつつ腕を開いていった。

だが、治療は難航した。ほんのちょっと動かしただけでも、患者は肩の筋肉を引きつらせ、うめき声を上げた。肩から上腕にかけて脇を締めた状態で固定していたため、特に脇が横に開かない。肩甲骨の動きも悪い。肩周辺の筋肉や腱、そして軟部組織が硬直している。そのため、細心の注意を払い、僧帽筋や肩甲骨周囲の筋肉、三角筋、脇の上側と下側の皮膚・腱などを、極端に言えば「一ミリずつ」もみほぐし動かした。「肩甲骨が1°上方回旋すると、肩関節が2°外転する」という「肩甲上腕リズム」を利用して、肩甲骨と上腕骨の動きを少しずつ生み出していった。

　また、患者の肩関節の外旋も極端に制限されていた。肘を九十度屈曲させ、肩関節前面を圧縮しながら、腕を外旋させるが、普通のやり方では痛みが伴った。これも慎重にゆっくりやらざるを得ない。ウミウーが編み出したテクニックの一つは、肘の下にタオルを置いて、肘の位置を肩関節よりやや高くし、かつ腕を少し外に開くことだ。この出発肢位から、肩、特に大胸筋の上腕骨への付着部を左手で圧縮しつつ外側に開いていき、同時に右手で患者の手首をつかんで外旋する。こうすると肩関節に痛みを全く伴わないで腕の外旋の動きが可能となる。外旋が広がれば、やがて腕の外転、つまり腕を横に開くことが改善する、というのが臨床における運動学の定理だ。

「ショー、ショー」

　ミャンマー人のPTのように、彼は「力を抜いて」という意味のミャンマー語の「ショー」を、何度も患者に指示した。

「ショー」というミャンマー語は元々「少なくする」「下げる」という意味で、買い物の時の値段交渉で、「値を下げてください」「安くしてよ」と売り手に話しかける際に用いる言葉であり、ウミウーは毎日道端で買い物をする時に使っていた。例えば、

「ゼー・チーデー（高いです）。ショー・ペーバー（まけて下さい）」

と、露店のおばさんと交渉して野菜や果物を買う時に必ず「ショー」と話していた。その「ショー」が患者の治療に、「(肩や腕の) 力を抜いて」と声を掛ける言葉としていつも使われているのは面白かった。力を抜いたあとはウミウーによる他動運動だ。

「ティッ、フニッ、トウン、レー、ンガー、チャウッ、クンニッ、シッ、コー、タセー」

一から十までミャンマー語で繰り返しつつ、リズミカルに腕を外旋する。これを五回繰り返した。

七はミャンマー語の教科書では「クンニッ」だが、人々の半分くらいは「コーン」と言っていて、紛らわしい。日本語で七を「ナナ」と呼んだり「シチ」と言ったりするのと全く同じだ。七であるのも偶然共通している。ウミウーがミャンマー語で号令をかけて、七を「クンニッ」と呼ぶと、同時に患者が「コーン」と言ったりすることがしばしばだ。その逆も多い。だから、声を出す時、患者が七をどう呼ぶかに合わせて、そのあとの訓練の際に七の発音を臨機応変に変えていった。

二十分間も集中してもみほぐし、慎重の上にも慎重に動かしていると、彼の額から玉の汗がポタッ、ポタッとふたしずく、治療する右手の前腕に落ちた。そして首筋からポロシャツの中に汗が幾筋も流れ落ちていった。下着のランニングは既にびしょびしょに濡れ、肌に引っ付いて冷たい。ポロシャツの袖脇もびしょびしょだ。彼は右手で患者の右肘を握ったまま、前屈みを続けていた上半身を起こし、横に置いた自分のタオルで、腕だけでなく、額、首筋の汗をぬぐい、上を向いて大きく息をした。

天井には大きな羽根の扇風機が回っている。冷房ではないので、ただ空気をかき混ぜているにすぎない。それでも、陰気な、日が差さない外来棟の室内は午前中まだ温風になっておらず、上半身に噴き出た汗を吹き飛ばしてくれるので助かった。

それにしても、ミャンマーの四月は猛烈に暑い。この四月、五月を人々はヌウェ・ヤー・ディー（暑季）と呼んでいるのも頷ける。

次に、右手で患者の右手首を、左手の母指と人差し指で患者の肘関節の内側上顆と外側上顆を挟んで保持し、極めてゆっくりと、慎重に、痛みが発生しないよう細心の注意を払いながら、患者の手を床から少しずつ上へ上げていきつつ少し戻し、再び上げていきつつ少し戻し、と繰り返して、肩屈曲九十度まで、つまり真上まで何とか痛みのないまま可動域を拡大することができた。上げる時には手先の方向に絶えず放射状に引っ張り、戻す時には肩関節方向に絶えず圧縮する。どの患者も特に戻す時に極度に痛い場合が多く、極めてゆっくりと、絶えず肩関節方向に力を込めて圧縮しつつ腕を床の方向に戻すことに注意を集中する。上げるのも戻すのも最大限に息を吸った後に、少しずつ息を吐きながら、下腹に力を込めて動かす。全神経を肩関節の動きに集中した。ひと動作終わる毎に、大きく息を吸って吐く。時間差で再び玉の汗が噴き出した。持てる力と持てる技能のすべてを注いで治療した。

3

この病院にはミャンマー随一の人数と能力を有したＰＴが働いている。入院部門と外来部門、それに外科・内科・神経内科など様々な病棟を担当するＰＴもいて、正確な人数は分からない。皆若いＰＴばかりだ。総勢四十名ぐらいは働いているのではないか。そして、この病院に限って言えば、すべてが女性だ。日本ではＰＴは男性が多く、ＯＴは女性が多い。この国に来てから男性のＰＴを見かけたことがない。ＰＴという仕事は女性の職業として定着し、社会もそう認識しているようだった。

しかし、彼女たちの「ワザ」は金太郎飴のように皆同じだ。経験豊かな人も新人も、患者に関しては一様に同じ訓練手技を実施し、患者本人や付き添いの家族に対して指導する自主訓練の方法も変わらない。だから、今彼が担当している肩の患者も、もし彼女らに任せると、訓練室にある、太くて重い木の棒を持って上げ下げする「棒体操」と、壁際に寄って、痛い手の指を壁につけて上方向に這わす「指の壁這い体操」、それに五十肩の一般的な訓練方法である「コッド・マン体操（振り子運動）」を伝授して、「後は外来訓練に来たら、ここにある道具と器具を使って自主訓練して下さい」と指示して終了となる。

患者の肩を触診して病状や筋の緊張状態を自らの手と目で確認することは金輪際ない。だから、ＰＴとしての治療テクニックは大学で教育を受けた一定の水準に保たれるが、そこから専門的に進化・向上することがない。時には腰痛の患者三人をマットの上に仰臥させ、三人に一律同じ腰痛体操を伝授している。同じ疾患の「腰痛」でも、原因や症状は皆異なるのに、自主訓練の方法は皆同じだ。ウミウーにとってそれは不思議な事だった。

それではいけない。どこが、どのように痛いのか、直接触診し、徒手的に、かつ慎重に動かすことが必要だと彼は赴任当初から感じていた。だが、誰一人としてそのような考え方と方法を実施していなかった。これは大学での教育の弊害だが、改善する機運は全くないと言える。従って、彼が患者をマットの上に仰臥位で寝かせ、徒手的に動かすのを不思議に、奇異に、他人事として眺めているに過ぎない。兎に角、患者たちが彼のテクニックで良くなったという実績を積み重ねる以外、理解を深め、患者により良い治療をする道はないと、ウミウーはあらためて信じるようになった。

訓練している彼のすぐ脇では多くの患者が大部屋での診察を待ちながらも、ミャンマー人とは思えない彼の技を不思議そうに眺めていた。そんな視線を感じながらも、彼は一心不乱にこの患者の治療に集中した。

　仰臥位での徒手的訓練のあと、プラットフォーム・マットに腰掛けてもらい、両手で行う自己他動運動や棒体操も指導し、一時間の治療が終了した。彼女は治療前の不安な表情から安堵の笑顔に変わった。

「サヤー（先生）、とても楽になりました。ほら、ちょっとですが、腕を動かすことができるようになりましたよ」

　そう言って、患者は右手を垂らしたまま振り子のようにブラブラと動かしてにこりと微笑んだ。

「テッターラーデー（少し良くなってきました）。チェーズーティンバデー（ありがとうございます）」

「それは良かったですね」

「サヤー、サヤーの治療はとても良かったです。ありがたかったわ。感謝いっぱいです。毎日、寝ていても起きていても、痛くて動かせない手のことばかり考えていて、とても憂鬱でした。それが、この通り、軽くなりました。痛みも和らぎました。何よりも自分で動かすことができて、精神的にも生き返りました。ほっとしています。治るという希望が持てるようになりました。これからも引き続きサヤーの治療をお願いしたいです。明日もお願いできますか。今日と同じ九時半にここに来れば良いですか」

「ソーリー（ごめんなさい）。明日は外来ではなく、入院部門の勤務なので、次に私がここにくるのはダッベッカ（明後日）のチャーダバデーネ（木曜日）です。朝一番の九時ではどうでしょうか」

「ホウケ（はい）。ダッベッカ（明後日）、コー・ナー・ジー・フマ（九時に）、チャマ・ラメ（私は来ます）」

こう言うと、彼女は突然プラットフォーム・マットの上で横座りし、両手を合わせ彼を拝み、次に両手をマットの床に突いて、深々と頭を下げてひれ伏した。これを三回繰り返す。なにやらお経のように仏教の言葉を唱えて、サヤーである彼に感謝の挨拶をした。患者が担当ＯＴにお礼の祈りをささげるなんて、日本ではあり得ない。納得しうる治療を患者に提供するのが当然の医療行為だ。それなのに頭を下げて額ずき感謝し祈るとは、信じられなかった。彼はびっくりし、戸惑い、顔を赤らめた。

「ノー。ノー。やめてください。そんなこと。当然のことをしたまでです」

ウミウーは必死で手を横に振って、祈ってうつ伏せている彼女の肩を起こそうとしたが、黙々と祈りをささげていた。患者はごく当たり前で、至極自然な行為でもしたかのように平然とし、表情ひとつ変えなかった。

「ではサヤー、明後日伺います。サンキュー・ベリー・マッチ」

彼女は英語でそう言って、運動療法室を後にした。椅子に腰掛けた多くの外来患者がこのやりとりを見ていた。衆人環視の中、彼は恥ずかしかった。

4

ウミウーがドー・ティン・ミャーの治療を終えて、つかの間の休息をしている、その僅かに空いた時間を見計らい、寄ってきた女性がいた。太っていて、猫背でなで肩の中年女性だった。

「サヤー、私もちょっとみてもらえませんか。肩が痛くて腕が上がらないんです」

と、自らの左肩を指さし示す。そして、手を上に上げる動作をして、七十度ぐらいしか上げられない症状をウミウーに見せた。

「この通り、手が上がらないし、上げようとすると、とても痛くて困っています。頭の後ろにも手をやれず、髪を束ねることもできません。腰の後ろにも手を回せず、ロンジーを穿くにも難儀しています」

「それでは、もうすぐ次の患者が来るでしょうから、あまり時間はありませんが、みてみることにしましょう。どうぞこのマットの上に横になってください」

彼は先ほどドー・ティン・ミャーに行った手技と方法で、十五分程度ではあったが彼女の肩と腕を治療した。

日本では担当患者ではない人を、その場で懇願されたからと言って治療することはあり得ないし、ウミウーもしたことはなかった。しかし、ここミャンマーでは、肩の患者に対する殆どのPTの訓練はおざなりだ。担当PTに言われた通りに自主訓練をいくらやっても一向に改善しない患者ばかりだった。この患者も藁にもすがりたい思いで、僅かに空いた時間に、担当でないウミウーに哀訴したようだった。このヤンゴン総合病院の外来リハビリでは、「患者の担当制」は存在しない。たまたまその時に医師から処方箋を受け取ったPTが訓練方法を指導するだけで、以後、外来では自主訓練主体なので、誰も患者をフォローしてくれなかった。

だから彼は、医師から処方の出た自分の患者でなくても、「肩が痛くて動かせない」と訴える患者が目の前にいて、切実に助けを求めていれば、手を差し伸べ、持てる技量と持てる知識を総動員して全力を尽くすことにした。それが彼のモットーであり、この国にやってきた最大の理由でもあった。形式や規則にとらわれず、患者の窮状に合わせて臨機応変に頑張りたいと心から思った。どの患者も手を抜くことはせず、目一杯、精一杯、気を奮い立たせて治療した。その行為はとてつもなく疲労困憊したが、終わったあとに感じる充実感と達成感は何物にも代え難かった。

　十一時過ぎ、次の患者がやって来た。

「すみません、次の患者が来ましたので、今日のところはこのくらいで終わりにしておきましょう。さあ、起きて座ってみてください。どうですか、少し良くなりましたか」

「サヤー、ありがとうございます。少し楽になりました。手を上げてもあまり痛くはなくなりました。またお会いした時に、お時間があるようでしたらお願いいたします」

　ご婦人は感謝の言葉を述べて、運動療法室を後にした。僅かな時間だったが、限られた時間の範囲でできる限りの治療はできたと思われた。

　次の患者は十二歳の男の子で、名前はマウン・ミン・ゾー。大人の「ウー」と同様に、「マウン」は少年の名前に付ける称号なので、彼自身の名前はミン・ゾーだ。高熱で三日間右横向きで同じ姿勢のまま寝ていたため、右腕の神経が圧迫され、肩から手先に伸びた腕神経叢がほぼ完全に麻痺してしまった。末梢神経損傷の中では一番重症だ。

　右側の肩・肘・手首・指のすべての神経が麻痺し、全く動かすことができない。ＰＴから担当を交替し、彼がみるようになって一カ月が経ったが、どうやっても全然回復の兆しすら見えなかった。それでも一縷の望みをかけて挑戦してみた。けれど、解剖学的事実の通り、右腕はだらんと垂れ下がったままだった。

マウン・ミン・ゾーは髪の毛を少年らしく刈り上げ、瞳の大きな理知的で素直な子どもだ。ミャンマー北部の故郷からわざわざ治療を受けるためにヤンゴンにやってきて、市内の僧院に寝泊まりさせてもらいながら、ほぼ毎日この病院の外来に来ていた。火曜日と木曜日はウミウーが担当した。

「ネー・カウン・ラー（元気かい）」

「ネー・カウン・バデー（元気です）」

「マネッサ、サピビラー（朝ご飯、食べたの）」

「サピビ（食べました）」

マウン・ミン・ゾーは小さな声で答え、頷いた。

「バサダレー（何を食べたの）」

「タミン、サデー（ご飯を食べました）」

「タミン・ジョー、サダラー（焼きめしなの）」

「ホウケ（そうです）」

「カウッスウェ、レー・サダラー（麺も食べたかな」）

「マサブー（食べなかった）」

「マ・チャイ・ブラー（好きではないの）」

「マ・チャイ・ブー（好きではない）」

たわいもない会話をしながら、彼は子どもの緊張をほぐして、親身になって四十分間徒手的に訓練した。関節の他動的動き自体は固くはなっておらず、首の前側の胸鎖乳突筋と後ろの僧帽筋は問題ないので、首を動かしたり、肩をすくめる動作は可能だったが、肝心の手を動かす筋肉は全く収縮すらしなかった。そのため、特に肩から上腕にかけての筋肉が萎縮していて痛々しかった。掌の手内筋もことごとく皺だらけで、指の中手骨が浮き出ている。母指球の筋肉はげっそりとそぎ落とされ細くなって萎縮し、大切な母指の対立機能は失われ、母指は他四指と向き合うことなく、猿の手のように平べったい掌と化していた。もはやリハビリの力ではどうしようもなかった。マウン・ミン・ゾーは訓練が終わると、言葉少なく、大人ばかりでごった返す運動療法室を後にした。その後ろ姿を見て、ウミウーは無力感に打ちのめされた。

5

昼になった。隣の物理療法室から主任のマ・イーがウミウーのもとにやって来た。恰幅がよく、お腹とお尻が太めだが、とても優しく、かつ大雑把で太っ腹だ。四十代だろうか。髪の毛を後ろで束ね、腰まで伸ばしている。女性は名前の頭に「ドー」を付けて呼ぶ習わしだが、「ドー」はやや偉い人や尊敬すべき人に付けている。例えば、アウン・サン・スー・チーはドー・アウン・サン・スー・チーと呼ばれている。一方、若い女性から中年まで女性に対しては「マ」を付けてお互い呼び合っているので、主任の四十代の女性に対しても、皆「マ」を付けている。それで、イー・アウン主任も「マ・イー・アウン」だが、長すぎるので手短に、親しみを込めて「マ・イー」と呼んでいる。

彼女はニコニコしながら話しかけた。

「ウミウー、午前中の訓練は終わったの」

「大体終わりました」

「ウミウー、ミャンマーのお正月の予定はあるの。どこかに旅行に行くのかしら。それとも日本に一時帰国するの」

「いいえ、どこにも行く予定はありません。ヤンゴンに留まるつもりです。何か」

「私たちの医療ボランティア・グループがモバイル・クリニックで田舎に行くの。あなたも一緒に行かないかしら」

「願ってもないことです。是非ともお願いします。いつです、出発するのは」

「今年は四月十二日の水曜日から正月なので、出発は前日の十一日夜、ヤンゴン整形外科病院に集合し、貸し切りバスでミャンマー中部のモンユワ郊外の村に二泊します。来週火曜日夜八時、ヤンゴン整形外科病院玄関前に集合。大丈夫かしら」

「ホウケ（はい）。チャノ・レー・トゥア・メ（私も行きます）」

「ヤンゴン整形外科病院の場所は知っているかしら。鉄道の駅で言うと、ハンタワディーなんだけど」

彼はリュックから市内地図を取り出し、場所を確認する。

「あなたのアパートからタクシーで行けば、大体二千チャット（約二百円）ぐらいかかると思うわ。直接病院に行くバスはないのよ。市内からだと、ピー・ラン（ピー通り）を空港方面に行くバスに乗って、途中のフレーダンのバス停で降り、そこからフレーダン通りを西の方に道なりに歩き、ハンタワディーのT字路を左に曲がるとすぐ分かるわ。歩くと約二十分程度かかるけれど、大丈夫かしら」

「二千チャットは高いな。バスならたったの二百チャットで済むから、節約して、バスで行きます。フレーダンというのはヤンゴン大学のキャンパスがある所ですよね」

「ええ、そうよ。学生街で賑わっていて、角にシティー・マートの大きなスーパーがあるわ」

「あそこの十字路は高架になっていて、その高架を大分下った先に、確かバス停があったですよね」

「そう。バス停から大分戻るので大変だけど、その行き方が一番確かだと思うわ」

「行ったことがあるのでフレーダンを通るバスは分かります。何とかバスでフレーダンまで行って、そこから歩いてみます。夜の八時なら十分時間に間に合うと思います。三十七番のバスで行きます」

「そうね、三十七番のバスで大丈夫だわ。じゃあ、よろしく」

マ・イーはお昼を食べに物理療法室に戻っていった。

彼女はすべてに大まかなので、詳しい内容を語らない。病院への経路も大雑把だ。ミャンマー人はほぼ例外なく皆優しいが、概して日本人のように細かく計画を立ててスケジュールを作ることはない。とにかく、着替えの服と洗面用具の準備だけはしておこうと、ウミウーは思った。

ミャンマーの正月はマ・イーが言ったように四月にある。あと一週間だ。去年、つまり二〇一八年の五月にＪＩＣＡの青年海外協力隊としてこの国に赴任した彼にとっては、ミャンマーの正月は初めてなので、どう過ごして良いのか分からなかった。スーパーも通り沿いの普通の商店も、殆ど閉まってしまうと聞いていたので、所在なくアパートで過ごすことが予想された。だから、地方に旅することができれば、正月休みを有効に使え、かつ、ミャンマーを知る絶好のチャンスになるだろうと、彼は期待した。

6

外来の患者は殆ど引き揚げたのに、一人だけ黙々とテーブル上で右手を左手で介助し、円柱状の木製ペグ棒を左右に移している女性患者がいた。夫と思われる初老の男性が道具の準備と片づけを手伝っている。ウミウーが外来に勤務していない日に医師の指示を受け、その時にたまたま担当したＰＴがＯＴ訓練の方法を指導したようだが、全然フォローしていないので、患者は我流に道具を使って訓練していた。その弊害が顕著だった。

彼はその患者に近づき、軽く会釈した。彼女も微笑む。

「サヤー。右手、どうでしょうか。うまくつかめないんです」

短髪の脳卒中右麻痺の女性だ。目一杯努力して何とか木製ペグ棒を把持して、移し替えようとしていたが、肩と上肢全体の筋緊張が亢進し、肘は伸展できず、手関節は掌屈し、肩もリトラクション（引き込み）を起こしていた。おまけに指の中手指節（ＭＰ）関節が過伸展、近位指節間（ＰＩＰ）関節と遠位指節間（ＤＩＰ）関節が屈曲して、いわゆる鷲手変形になっていた。これでは物をつかめない。ペグの訓練をいくらしても意味がない。どこもかしこも問題だらけだ。このまま看過できなかった。

「では、お昼になってしまいましたが、お時間はありますか」

「ええ、近くに住んでおりますので大丈夫です。お願いします」

「それでは」

ウミウーはまず患側上肢の緊張を落とすことから始めた。

「ショー、ショー」

右上肢全体に力が入っている。

患側である右手を少しでも動かそうとすると、右上肢全体の筋緊張が異常に高まり、個々の関節の滑らかな動きが不可能となっていた。随意的に動作を行おうとすればするほど痙性を増強させてしまっていた。まず、この緊張状態を落とす必要があった。最初に、首の筋肉、僧帽筋、肩甲骨周囲の筋肉、大胸筋の上腕骨への停止部をもみほぐした。

そのあとで、患者に力を抜いてもらい、彼は自分の左手で、患者の肩甲骨の内側縁を上方回旋しつつ、肘を支えている自分の右手を前へ出す。すると患者の右肘が伸び始めた。やおら、肘の後ろ側の上腕三頭筋付着部を叩いてタッピング。肘が伸び、同時に手指も伸展してきた。患者はびっくりした。脳卒中でガチガチに固まった自分の手が、まるで緊張

から解き放されたような変わりようだ。患者は自分の伸展した手を見て、

「あらまー、びっくり」

と声を上げた。

「あなた、これを見て。肘も手も指も伸びたわ」

患者は驚きを夫に伝えた。夫も、

「ありゃー、本当に驚きだな、これは」

と、妻の手を見つめた。

次にウミウーは、

「自分で動かそうと少しイメージするだけで、決して力を入れないで下さい」

ウミウーは何度も説明して患者の手の力を抜かせ、

「私が九十%の力で動かしますので、あなたは動かそうとイメージするだけですよ。決して力を入れないでください。いいですか」

そう、患者に伝え、少しずつ腕を挙上する。再び繰り返して、

「ショー、ショー」

と声をかける。

椅座位で物を把持し、移動させる為には、手先を上げなければならない。その手先を上

げる為には、肩が上がってはいけない。つまり「手を上げるためには、肩が下がらなければならない」というのが大原則だ。誰もそんな原理に気づかない。ミャンマーのＰＴは肩が上がっても気にしていない。みんなそのままでペグの把持を指示している。ある意味では、ペグの移し替え訓練は危険でもある。禁忌と言ったほうがよい場合が多い。彼は彼女の動きを修正した。痙性がようやく下がってきた。あくまで基本に忠実に、徒手的に、力よりも正しい動きを促すようアプローチしたあと、今度は両手を組んでの訓練を開始し、肩関節屈曲、肘の屈伸、肩水平内転と外転、前腕の回内回外、手関節の掌背屈、と彼独自の「脳卒中ＯＴテクニック」をひと通り実施した。この両側性アプローチも大切な脳卒中訓練の方法だった。

「ティッ、フニッ、トウン、レー、ンガー、チャウッ、クンニッ、シッ、コー、タセー」

一から十までミャンマー語で号令を繰り返した。

二十分はかかったであろうか。取りあえず、初回の訓練は終了することにした。さすがに十二時半を過ぎて、彼も疲労困憊ぎみだ。運動療法室には外来患者も職員も、勿論ＰＴもいなかった。腹が空きすぎてあまり食欲も感じなかったが、喉が渇き、ペットボトルの水をぐいっとひと飲みした。

「サヤー、チェーズーティンバデー（ありがとうございます）、シーン」

彼女は麻痺して不自由な右手に左手を合わせて、彼に感謝のお祈りをして顔に笑みを浮かべた。

ミャンマーでは、いわば男性語と女性語があり、男性は会話の最後に「カミャー」をつけ、女性は「シン」をつけて話し、丁寧さを表現する。「シン」はやや語尾を上げて「シーン」と発音し、その余韻がとても女性らしい優しさと艶めかしさを感じさせる。これはタイ語と似ている。タイ語では男性は、例えば「サワディー（今日は）」に「クラップ」をつけて、「サワディー、クラップ」、女性は語尾に「カー」をつけて「サワディー、カー」と言う。両国とも女性らしい、優しくてたおやかな表現になっている。

7

ウミウーが道具や器具の片づけをしていると、夫が言った。

「サヤー、お礼に昼ご飯をご馳走したいのですが、お時間はありますか」

「午後の勤務は二時からなので、十分ありますが、当然のことをしたまでなので」と遠慮した。

「そうは言わないで、すぐそこですので一緒に行きましょう。是非」と勧める。

せっかくの好意に甘えることにした。

彼は日本では国立病院で働く国家公務員だった。公務員は規律に厳しく、患者から何一つもらってはならず、もし「この菓子折りぐらいはいいでしょう」と患者に言われても頑として拒否するよう、院長から厳しく指示されていた。そうするのが、彼にとっては常識であり、公務員としての行動規範となっていた。

ところが、ここミャンマーでは医師・ＰＴたちは金銭は駄目でも、お菓子、缶の栄養ドリンク、果物、焼きそばやチャーハンのお弁当などを受け取る事も多く、ごく自然な行為としていた。人々が功徳の一環として僧侶に食べ物や物品を提供する行為と同じだ。僧侶と同様に教師や先生も人々の尊敬の対象だから、医師やＰＴが患者から何かを提供されたとしても、それをありがたく受けるのが患者の為でもある。それを理解すると、度を越さない限り、彼も患者からの申し出を素直に、かつ感謝して受け入れることにした。

リハビリ棟を出て、右横の渡り廊下を進み、中央検査棟の前を通る。そこは多くの患者とその家族が外でしゃがんだり、建物や渡り廊下の下にゴザを敷いて休んだりしていて、煩雑と喧噪を極めていた。ＣＴやＭＲＩやエコーなどの高度な検査を受ける必要がある人々が押し寄せ、さらにひっきりなしにタクシーでやってくる人たちが後を絶たない。

妻は足を引きずりながらも、何とか歩行は可能で、ゆっくり歩を進めていき、病院の南の狭い出口に向かう。大きなゴミ収納コンテナが三つ並び、病院のありとあらゆるゴミをそこに放り投げるので、悪臭が立ちこめ、さらに舗装されていないため、所々に水たまりもあり、泥んこの道は歩きにくかった。右手には長屋の如き食堂群と雑貨屋が連なってい て、昼時ということもあり、多くの患者の家族や関係者でごった返していた。

足もとを痩せた鶏と五匹のヒヨコが汚泥の混じった汚い地面を突いてえさを漁っていて、コッコッコッ、ピヨピヨピヨと叫びながら通り過ぎる人々をかわして走り回っている。

鉄格子でできた南門は閉じられていたが、人が通れるくらいの扉が開いていて、人々はそこをくぐり抜けて出入りしている。出るとアノーヤター通りだ。一方通行の四車線で、東は南北にシュエ・ダゴン・パゴダ通り、西は南北にラン・マ・ドー通りに挟まれたこの区間は信号機がないため、自家用車、タクシー、大型バスなどすべての車が猛スピードで飛ばすので、歩行者がこの区間を横断するのは命がけだ。両大通り間は五百メートル以上はあるだろうか。

ミャンマー人は車間の僅かな隙間を見計らって、左横を見つつ前方に歩みを進めて、車など物ともせずそろりそろりと渡っていく。人と車との微妙な駆け引きだ。車が突っ込むか譲るか、あるいは人が大胆に渡るか躊躇するか、その駆け引きと間合いの瞬間的判断が外国人であるウミウーには難しい。

患者とその夫は、すいすいと進んでいこうとしている。

「サヤー、早くこちらへ」

夫が振り向いて叫ぶ。

そう言われても、ウミウーはなかなか近づけない。車が譲らないのだ。ウミウーは動けない。猛スピードで車がやって来た。目の前を僅かな隙間で車が通った。まるで体ぎりぎりで猛牛をかわす闘牛士のようだ。しかも彼の体の前ばかりでなく、少し進めばさらに後ろも車がすっ飛ばすので身動きが取れない。彼はなかなか「隙間のチャンス」をつかむことができず、かといって道路上でうろうろしたら撥ねられてしまうので、必死に夫婦の後に従おうと焦り、命が縮む思いだった。冷や汗が出た。夫が彼に手を差し伸べ、やっと二人に追いつき、その後ろにしがみつくようにして寄り添い、身を潜めた。今度は三人の集団だ。車のほうが二の足を踏み、直前でスピードを急に緩めざるを得なかった。その分、歩行者が大胆、かつ悠然と横断する番となり、ウミウーも二人にしがみついて、何とか渡りきった。

「あーあ、怖かった。渡るのは命がけだった」

ウミウーは夫婦に正直に伝えた。

渡った所は十九番通りの入口で、その右側の角に、テーブルと椅子を幾つか並べた屋台があった。昼時で混んでいたが、何とか三人分の席を確保した。半ズボンを穿いた、中学生くらいの痩せた若者が、「ウェッター・ラー（豚肉ですね）」と聞く。

　夫が首を縦に振って応えたが、聞き終わらないうちに、隣の屋台では、若いぽっちゃりとした女性が丸いまな板の上でチャーシューの塊をそぎ落とすように一口大に切っては幾つかを皿のご飯の上に載せ、横の鍋からとろみのついたタレをかけて、「ほらよっ」と若者に渡す。ものの三十秒もしないうちに、三人分の料理が運ばれてきた。平皿にご飯、薄く切った豚肉のチャーシューを載せ、上から白菜入りのアンがかかっている。胡椒の利いたスープの小椀。小皿には刻んだ生キャベツにキムチのような赤いタレがかかっている。

「こんな庶民が食べる物で申し訳ありません。私たち夫婦は病院でリハビリが終わった後、昼ご飯を食べにここへやってきて食事をしています。安くて、うまくて、とても気に入っています」

　夫はそう言った。

「サーバー、サーバー（食べてください）」

　妻がウミウーに勧めた。

　箸ではなく、スプーンとフォークがついている。ご飯はスプーンですくい、キャベツはフォークでかき混ぜてスプーンですくってご飯の上に載せた。右がスプーンでも左がスプーンでもどちらでも構わない。作法を気にしないのがいい。人々はさっと来て、さっと食べて席を立つ。回転が早い屋台だ。鶏肉もあるようだが、豚肉が人気だった。

味はあっさりとしていて、彼は気に入った。

「サーロ、カウンデー(美味しい)」

脂っこい食事の多いミャンマー料理の中で、このあんかけご飯は食べやすく、うまかった。キムチかけキャベツをご飯に載せて食べると、ちょうど甘さと辛さがほんのりとマッチして、絶妙な味となった。

「私たちはこの十九番通りの『ロワー・ブロック』に住んでいます。今度是非お越し下さい」

食べ終えたあと、二人は十九番通りを南へ下って行った。

8

午後になっても、炎天下、日陰はどこにも見あたらない。四月の太陽は真上にあり、自分の影が足もとに小さく点となっている。ミャンマーでは日本と違い、午後の勤務は二時からで、昼休みが二時間もあり、ゆったりとしている。

十九番通りから戻って、サガーラン（十五番通り）のアパートですぐにシャワーを浴びて汗をぬぐい、部屋の冷房を利かせて、下着のランニングとパンツを着替え、ポロシャツからワイシャツに替えて三十分間休んだ。さっぱりとした気持ちで、ウミウーは一時半にはアパートを出発した。しかし、路上に出て五分も経たないうちに、ワイシャツの下のランニングは取り替えたばかりなのにびっしょりになった。日差しが痛い。スーパーのシティー・マートで買った、「アサヒ」という日本製の日傘を差して帽子を被っていても、頭は髪の中まで焼け付くようだ。この日傘の骨組みは頑丈でしっかりとしているが、ミャンマーの暑熱にはお手上げだった。全身熱を帯びて頭も朦朧としてしまう。

病院の本館北側には四車線のボージョー・アウン・サン通りが走っていて、その大通りの北側にも広い敷地があり、ヤンゴン総合病院の病棟が幾つも点在していた。そのただ一つの出入り口である南側の門を入ってすぐ右手には熱傷や火傷の病棟、左に神経内科の病棟がある。道を十メートルほどまっすぐ進むと、左手にひっそりと佇むのは結核の病棟で、周囲を塀とバラセンで囲われていて、一般の人は立ち入り禁止だ。まるでお化け屋敷の洋館のような外観である。それでも、僅かに出入りする人が散見された。道はそのまま百メートルほど延びていて、突き当たりは脳神経外科病棟に行き着く。彼は結核病棟の手前を右手奥に二十メートルほど進み、古く、かつ重厚な、そして日当たりの悪い二階建ての建物を目指した。その一階にリハビリの入院病棟がある。

建物に入り、廊下のすぐ左手の看護師の詰所を訪れ、彼は居合わせた看護師長にミャンマー語で挨拶をした。

「ミンガラバー（こんにちは）、ネー・カウン・ラー（元気ですか）」

師長のマ・サン・スエが元気な声で、

「ネー・カウン・バデー」

と頷きつつ、空いた椅子を指さしながら、彼に声をかける。

「コーヒー、飲んでいってね」

「もうすぐ二時なので、訓練室に行かないと」

「そう言わずに、さあ座って。すぐお出ししますから」

師長はインスタント・コーヒーの袋を切り開き、粉をカップに入れてお湯を注いだ。いつもニコニコとして、面倒見が良い女性だ。

ミャンマーのインスタント・コーヒーは甘過ぎる。そして、コーヒーの香りは殆どない。「コーヒー風味の砂糖のお湯」と言ったほうが適切だろう。しかし、ミャンマー人はみんなこのインスタント・コーヒーが大好きだ。日本の「ブラック」に相当するコーヒーは見あたらない。砂糖とミルクを入れた「三種混合」が定番と言える。砂糖の取りすぎは体に悪いと思われるが、人々は気にしていない。その結果、肥満になり、糖尿病や心臓病になる人が多い。しかし、あまりに暑く、体力を消耗してしまうと、甘いコーヒーが無性にほしくなる。

「イエー・ヌエー・ジャン、タウッ・マ・ラー（お茶も飲みますね）」

コーヒーのあとに、必ず小さなカップにミャンマーのお茶を入れて出してくれる。このウーロン茶の系統のお茶は美味しく、飽きが来ないうえ、何杯でも飲むことができ、口直しに最適だ。ベトナムでよく飲むお茶と同種で、中国の影響が大きいと言える。

「チェーズーバー（ありがとう）」

彼は師長にお礼を言って、詰所を横切り、中央廊下に出て、訓練室に向かった。

病棟は中央廊下を挟んで左右に女子と男子の広い病室が二つある。それぞれ十二床ずつ、計男子二十四床、女子二十四床、合計四十八床、それに特別に冷房付きの個室が三部屋あり、総計五十一床のこぢんまりとした病棟だ。

その中央廊下の突き当たりにあるのがＰＴ訓練室で、ほぼ日本のＰＴ室と変わらない。平行棒、プラットフォーム・マット、牽引の機械、温熱の機械など所狭しと並んでいた。

木製の重い扉は鍵がかかっていないが閉じられたままで、二時を過ぎないと、扉は開かない。多くの患者は扉の外で待っていた。

ウミウーは恐る恐る開けた。扉の真ん前に平行棒が横たわり、その向こうにプラットフォーム・マットがある。そのマットの上にはPTのうら若き女性たちがまだ昼寝中だ。入室すると嫌でも彼の目に入ってしまう。二時前には起きて午後の仕事の準備をするのが常識だと思うが、彼女たちは「患者ファースト」ではない。二時を過ぎてやっと起き出すのが彼女らの日常だ。ウミウーはその寝姿を見て見ないふりを装いながら、右奥の狭い部屋に直行した。ここが彼にあてがわれた、入院病棟のOT訓練室だ。

この部屋は元々PTの装具を陳列収納したガラスの棚が二つ、自転車式の足漕ぎ訓練機が三台、渦流浴の機械が手用と足用の二種類置かれており、さらに棚の上は皆のお弁当置き場となっていた。このPT訓練室兼物置部屋を、彼が一カ月かけて大改革し、OT訓練室に作り直した。

9

二時。早速、扉が開けられ、どっと患者たちが入ってきた。おもむろに、渋々起き出しタオルケットを畳むPTが四、五人いた。

殆どはPTの患者だが、上肢に問題がある患者のうち何人かはOT室にやって来る。午後一番の患者が来た。車椅子に乗った二十四歳の女性、マ・ヌエ・ルウィン。母親と姉が付き添いだ。カルテにはＣＭＴと書いてあり、進行性の難病、シャルコー・マリー・トゥース病と分かる。進行性神経性筋萎縮症で、特に下肢の大腿の下三分の一から下腿にかけて萎縮が著しく、ちょうどワインの瓶を逆さにしたように細くなるのが特徴だ。筋の萎縮は次第に上肢にも及び、特に末梢の手先に現れ、握りやつまみが困難になってしまう。

徒手的に上肢の筋力を維持する訓練を行い、最後に日本から持ってきた「アイロン・ビーズ」を取り組むようにした。指の筋力は現在のところ維持されてはいるが、少しずつ萎縮と拘縮・変形が進むに違いない。

ウミウーが日本で担当した同じ疾患の女性患者は、高校生の頃から徐々に進行し、彼が勤務していた国立病院に入院した三十代の時には、手首から先はかなり筋力が落ちていて、電動車椅子の操縦レバーも通常の円柱状のスティックでは把持できなかった。それで、掌全体を載せて固定する平らなレバーを彼が作り、それを上肢全体の力を使って操作できるようにした。そのおかげで、患者は自立して電動車椅子を操り、病院内を自由に乗り回すことが可能になった。しかし、電動車椅子に乗った時、両足はもはや自力で体重を支える力はなくなり、フット・レストに足の裏が付かず、浮いたままフラフラとしていた。

それでもＯＴ訓練では「文化刺繍」という、刺繍糸を布に刺して描く絵を根気強く、丹念に取り組んでいて、すばらしい風景画の作品ができあがり、病棟とＯＴ室の壁に飾られていた。彼女の症状とＯＴ訓練時の様子が思い出された。

日本なら、国が難病の人々に無料で医療を提供したり、国立病院に入院して療養したりすることは可能だ。さらに、電動車椅子も福祉でほぼ無料で手に入るので、生活と移動手段に問題はなく、「障害と共に生きる人生」に向き合い、挑戦することさえ不可能ではない。翻って、ここミャンマーでは車椅子、それも中国製の重くて、機能的でない標準型の車椅子でさえ百ドルもする。豊かでない人々が百ドルの大金を用意することは不可能であった。また、たとえ借金して購入したとしても、未舗装の凸凹道や、高床式の茅葺き住宅では、車椅子は使えるわけはなく、西洋式の発想や日本式の満ち足りた機械器具を基準にしては、このミャンマーの現実を解決する道筋は皆目見つけ出すことができなかった。

さらに問題なのは、リハビリは入院中だけで完結してしまうことだ。担当の医師もＰＴもその後の自宅での生活がどうなるか、つまり自宅で生活が成り立つかどうか、「思いやる」あるいは「想像する」ことがない。正念場はむしろ退院後なのに、ヤンゴンという大都会の病院の、さらにはリハビリ病棟の、そしてＰＴ訓練室での、といった完備した環境でいくら訓練したとしても、劣悪な自然条件の田舎に帰れば、すぐに生活に困り、ゴザを敷いたベッドの上で終日過ごす生活に陥ってしまうだろう。家庭に戻り寝たきりになってしまったら、病院でのリハビリは意味をなさないではないか。

彼が訪れることさえ不可能な土地に、マ・ヌエ・ルウィンは戻ってしまう。ミャンマーでは、進行性の疾患の人々には、暗澹たる未来しか残されていなかった。

それでも、担当している間はできる限り、明るく、前向きに接しようと彼は思った。自腹を切って、スーパーのシティー・マートで、一万四千三百チャットを出し、アメリカ製のアイロンを買ってきた。それをOT室に持ち込み、マ・ヌエ・ルウィンの作ったハートのアイロン・ビーズにアイロンをかけて作品を完成させた。

「マ・ヌエ・ルウィン、ほら、このハートのビーズは出来上がったよ」

「ダゲバデー（本当ですね）。きれいに出来上がりました」

「きれいでしょ。素敵なハートだね。記念に、これは君にプレゼントしよう。持ってかえっていいよ」

「まあ、うれしい。サヤー、どうもありがとうございます。大切にします」

彼女は静かに微笑んだ。

「ところで、退院はいつ」

「来週金曜日です」

「家は確かモン州のパ・アンだったよね」

「はい。でもパ・アンからさらに一時間小型乗り合いバスで行った田舎です。先生も是非一度遊びに来てください。お待ちしています」

「ミャンマーにいるうちに、是非訪れたいな。実現できるかどうか分からないけれど、もし、パ・アンまで行ったら、連絡するからね」

「絶対に寄ってくださいよ。首を長くして待っています」

彼女は両手を合わせ、ウミウーに感謝のお祈りをした。退院はうれしくもあったが、別れは寂しかった。おそらく、再び会うことは叶わないだろう。今生の別れでもあった。

三時。ウー・ジョー、七十三歳が来た。鼻から管で栄養を摂っていて、重度の脳卒中患者だ。ぼうっとしていて話せない。しかし、目の前にペグの筒棒を示し、ウミウーが左から右に移すのを示すと、彼は問題ない左手で、それを真似して試みる。言葉では意思の疎通が難しいが、実際に見本を示すと、同じように遂行することができて、決して「木偶の坊」でも「無能力者」でもないことがOT訓練で実証され、付き添いの孫や娘が目を見張った。それからは緑・青・黄色・赤の円柱の木片を同じ色の支柱に差し入れる訓練も難なく行うことができた。表情はぼうっとしていて、顔面は能面のように変化に乏しい顔つきでも、鼻に管を入れていても、しっかりと考え、健側の左手を動かすことが可能だ。そのことをOT室に入ってきたPTたちは不思議そうに見入っていた。

ウー・ジョーは、川を隔てて東のタイと国境を接するミャンマー最南端の町、コー・タウンの出身。ヤンゴンから遠く、かつ町には総合病院はなく、やむなく高度の集中的リハビリのため、ここにやってきたと言う。

「退院したら、コー・タウンに帰るの」

ウミウーが聞くと、娘は答える。

「いいえ、帰れません。父は重度の障害が残ったので家では見切れません。ダウェイに大きな病院があり、そこに転院する予定です」

ミャンマーでは、家族の誰かが入院すると、必ず身内の者が付き添い、身の回りの世話をする。人々はゴザ・鍋釜・毛布など寝泊まりや病棟生活に必要な物品を田舎から持参する。一人の入院に対して、最低でも一人、平均で二人は付き添う。特に若い息子や娘がつきっきりで介護するのを見ていると、日本人の彼は、そんな家族の絆をうらやましく思ったものの、一方では健康で若い者が仕事もしないでつきっきりで何カ月も病院にいれば、経済的にどうやって食べていけるのかと心配にもなってしまった。

ウー・ジョーの孫もまだ二十代だ。日本ならばりばりのサラリーマンとして多忙な生活をしている年代だ。それらの代償を払ってまでも祖父のために介護する姿には頭が下がった。しかも、皆嫌がらずに、当然の務めとして世話をしている。ある意味では家族のために、個人の将来が犠牲にされていると言える。果たして、そういう生き方や人生は望ましいといえるのであろうか。しかし、一方では、家族の誰かが病気になれば、家族や親戚が協力して助け合う実際の姿に、日本では既に失われてしまった、何か「大切なもの」を感じ、うらやましかった。

10

三時半を過ぎ、ＰＴたちはそわそわとし始めた。中堅どころのＰＴが連れだって、自分の買い物かごのような手提げに、お弁当箱・日傘・携帯電話・お化粧セットなどを詰め込んで、

「じゃあ、お先にね」

と言って、平然と、あるいはニコニコしながら訓練室を後にした。残った他の者も非難することもなく、和気藹々と、当然の行動と見なして、手を振って見送る。

勤務は四時までだが、その時刻まで残っている者は戸締まり担当の当番か、家が裕福でアルバイトをする必要がない「お嬢様」のＰＴくらいだ。患者の中にはぎりぎり四時まで訓練している者もいるが、さすがにその人たちを追い出したりはできず、周囲の道具を片

づけ、電気器具のコンセントの線を抜いたりして、あとは天井の扇風機のスイッチを入れたままで、彼女たちがいつもお喋りをしたり休んだりするテーブルで、スマホをいじって時間を待っていた。

日本なら、たとえ勤務が四時までだとしても、その時間以前に退出することなどあり得ない。勤務時間をしっかりと勤務しないで給料を満額もらうのは許されないとウミウーは思う。もし、それ以前に帰るのなら、年休を申請して取らなければならないのが常識だ。しかし、このミャンマーでは勤務態度が極めてルーズだ。遅刻・早退はもとより、勤務時間中での飲食も日常茶飯事。カリカリせず、なあなあでやるのが、お互い波風立てずに平和に過ごせるコツで、「時間や規則に縛られない」生き方や習慣と言える。日本のように「時間や規則に縛られる」生き方や道徳観とは正反対の行動様式である。その点で、人間関係では全くストレスを感じない。

しかし、多くのＰＴたちはこのまま帰宅するのではなく、夕方からアルバイトが夜の九時か十時まであり、その点ではとても厳しい生活と言えるだろう。国家公務員でもそこまでして働かなければ生きていけないのが現実だ。しかし、勤務時間は勤務時間だ。しっかりと正々堂々と四時まで働いて、胸を張ってアルバイトに出て行くのが筋だと彼は思う。とは言え、遠方のアルバイト先もあるだろうから、バスで行くと時間がかかるのかもしれない。ウミウーもカリカリしないで、おおらかに認めてあげよう、あるいは干渉しないでいようと思った。「郷に入っては郷に従え」のことわざの通りである。とはいえ、とてもミャンマー人のように三時半に帰るのは気が引けた。ミャンマー人にはおおらかに対応しても、ウミウーはやはり日本人の習い性で、四時まで厳格に仕事を全うした。

四時になった。彼は部屋の扇風機のスイッチを止め、道具類の整理整頓を指さしで確認し、明かりを消した。彼は戸締まりをしている女性たちに挨拶をして、退出した。

ボージョー・アウン・サン通りに出て、手を上げる。タクシーが一台近寄ってきた。

「シュエ・ニャウン・ピン、ベラウレー（いくらですか）」

「三千チャット」

「ゼー・チーデー（高い）。二千五百でいいでしょ」

「ノー。三千だ」

「あそこまではそんなに遠くないですよ。二千五百でお願いします」

それを聞いた運転手は手を振って遠ざかっていった。ミャンマー語での値段の交渉は大変だ。ベトナムでは外国人とみると三倍はふっかけるが、ここミャンマーでは外国人に対しては少しだけ、例えば五百チャット程度高めに言う場合が多い。相場は二千五百チャットだが、たかだか五百チャット、日本円で五十円高くても懐がそれほど痛むわけではない

ので妥協してもいいと言えるが、相場で受けてくれるタクシーがいるなかで、ふっかける
のは気に入らなかった。彼がミャンマーに赴任して何よりも腹を立てたのは、客商売であ
りながら、行きたくない方向だったりすると、拒否する運転手が多いことだ。仕事として
の責任とお客のためのサービス業だという精神が欠けている。でも、現実に断られるので、
これはどうしようもない。次を探すしかなかった。

暑い日中、道路脇に立ちんぼしながら、タクシーと交渉するのはしんどい仕事だった。
また手を上げると、タクシーが寄ってきた。再び交渉だ。

「シュエ・ニャウン・ピン、ベラウレー」

通る道筋とその長さを頭の中でなぞって確認するかのように、遠くを見つめながら、運
転手は言った。

「うーんと、二千五百」

「ホウケ（はい）」

彼は頷き、運転手の気持ちが変わらないうちにドアを開けて乗り込んだ。良心的で、優
しそうな運転手で良かった。

走り出すと、中年と思われるその運転手は聞いた。

「中国人かね」

「いいえ、私は日本人です」

「日本人なのにロンジーを穿いて、似合いますね」

「ありがとう。患者さんがプレゼントしてくれたものです」

「ヤンゴン総合病院で働いているのですか。じゃあ、お医者さんなの」

「医師ではありません。リハビリの仕事をしています」

そう言ったが、「リハビリ」と言っても一般の民衆は理解出来ないかもしれない。まして、OTと言っても誰も分からないだろう。「障害者のリハビリの仕事」と英語で説明するのもなかなか難しかった。

「日本は良い国だ。ミャンマー人はみんな日本が大好きだよ。このタクシーなんかトヨタのプロボックスの中古車だが、全然故障知らずですばらしい」

「そんなにトヨタの車は人気があるんですか」

「そうですよ。道を走るタクシーを見てごらんなさい。およそ九十%は日本の中古車で、その七十%はトヨタの車だ。中でもこのプロボックスは後ろの荷台にも詰めれば四、五人乗り込めるし、荷物も大量に積載できて、便利この上ない」

「そう言われるとうれしい限りです」

「少し前は日本のソニーなど、世界一が多かったが、今は元気がないね。スマホなんかは韓国のサムスンばかりだし、電気製品は中国製が多いね」

「今はソニーもホンダも東芝も世界をリードするヒット商品がなく、存在感がありません。日本自体が元気がないんです」

「昔から何でも日本製は高品質だったよ。例えば、部屋のエアコンの機械は日本のダイキンやミツビシが最高だね。これも故障しない。中国製のエアコンは安くて庶民には購入しやすい値段だが、買って二、三年もすれば故障して使い物にならない。日本製の機械はどれも最高だ。でも、日本製は高いね。もうちょっと安くならないものだろうか。庶民には手が出ないよ」

この運転手のように、日本に良い印象を持っているミャンマー人は多い。品質のしっかりした物は日本製で、たとえ中古であったとしても、新品の中国製よりは、中古の日本製を買う、と多くの人は言う。

運転手とそんな会話をしながら、車はシュエ・ダゴン・パゴダ通りの緩やかな上りの道を真っ直ぐに進む。正面には太陽の光を浴びて燦然と輝くシュエ・ダゴン・パゴダが眺められる。神々しく偉大な存在だ。そこを目指して進み、南参道の直前を右手斜めに曲がって脇道に入る。そしてパゴダを東から時計と反対回りで回り込み、殉難者廟、通称アウン・サン廟を右手に見ながらシュエ・ゴン・ダイン通りに抜けた。近道だった。しばらく道なりに進み、運転手が尋ねた。

「あそこに見えるのがカバエ・パゴダ通りの高架で、あそこら辺がシュエ・ニャウン・ピンですが、どこで止めますか」

「行くのは道の左側ですが、Uターンしにくいので、右側の、あのレストランの手前で結構です。そこで止めてください。あとは歩いて行きます。ディマ（ここです）、ディマ」

車が止まると、彼は二千五百チャットを払い、「チェーズーバー」と言って、ドアを開けた。

暑い。タクシーの中は冷房が利いていて快適だったが、ひとたび外に出ると、日差しが皮膚に痛かった。すぐ日傘を差した。

11

シュエ・ゴン・ダイン通りと高架のカバエ・パゴダ通りが交叉する十字路の角にはユザナ・タワーという大きなビルが建っている。その横の細い通路を上った所に、彼が訪問する家があった。五階建ての店舗を兼ねたマンションだ。一階が宝石の店、二階と五階が住居、三、四階が宝石の研磨・加工の作業場があり、ここで宝飾の加工や製造もしている。

ミャンマーはルビーをはじめ翡翠・琥珀など各種の宝石が採れる。それを生業にしている人も多い。この家でも加工し販売していて、ご主人が一代で築いた家だ。その妻が脳卒中になり、ＰＴがアルバイトで毎週通っていたものの、上肢の訓練は手に負えず、ウミウーに相談があった。ＰＴたちは訪問一回、一時間で一万チャット稼いでいる。彼ら公務員の月給は約二百ドル、二十万チャット、二万円程度しかない。従って幾つか掛け持ちで訪問すれば、そして土日も働けば、月給と同じくらいの収入を得ることができる。訪問リハビリはＰＴにとって必要不可欠な生活の手段となっている。

しかし、ウミウーはあくまでボランティアにこだわった。勿論、ＪＩＣＡから営利目的の活動は禁じられていたが、あくまで倫理的に、そして崇高な理念として、「報酬なき、無償のボランティア」にこだわりたいと思った。それ故、ＰＴはアルバイトであったとしても、彼は純然たる奉仕の一環として、仏教的には功徳を積む行為として、どんな人にも時間が許す限り、最大限の手助けをしようと決意した。この家にも無償の訪問として毎週火曜日四時半には訓練に訪れた。

患者はドー・タン・タン・ミン、六十歳。右片麻痺である。手は動かすことはできるものの、フラフラと揺れてコントロールが利かず、失調ぎみだ。さらに握ったりつまんだりすることが不可能。歩行はＰＴの訓練の成果で、一人介助すれば杖と装具で歩くことは何とか可能なレベルだが、歩くのもふらつき気味で、誰かが付き添わないと危なっかしい。

昼間だが、三十歳前後の若い息子が二人と、家事全般を手伝い、患者の世話をする二十代と思われる家政婦の女性がいた。息子は二人とも腕や肩に入れ墨をしていた。ミャンマーでは若者がごく自然に入れ墨をしている。日本人には抵抗があるが、彼らはおしゃれや飾りの一つとして日常的に簡単に入れ墨をしてしまう。長男は肩に、次男は前腕とスネに何やら彫っていて、日本人的感覚では暴力団を連想するが、彼らは親思いの純情な青年であった。

ドー・タン・タン・ミンの訓練は一時間かかった。手の動きが定まらず、ゆらゆらと揺れて、目的の場所をずれてしまう。力よりもコントロールを中心にして、望ましい動きを繰り返す。力を入れずに、動かすイメージだけを主にして、ティッシュの箱ぐらいの四角いクッションの上に掌を載せる。二つ、三つ、四つと、順にクッションを机の上に高く積み重ねていき、目の高さまで、手を到達させる訓練だ。これは何とか合格レベルだった。しかし、MP（中手指節）関節が屈曲せず、伸展したまま手自体がフラットになってしまい、拘縮を引き起こしている。さらに、母指は対立ができず、平べったくなり、結局のところ、物を握ろうとしても十分拳を作れず、握ったりつまんだりが阻害されていた。これはやっかいだ。下手をすると、固まってしまい、把持が困難になって、手遅れになりやすい。ＭＰ関節を中心に、繰り返し、慎重に、関節可動域が制限されないよう全力を注いで練習した。

訓練の終わり近く、夫が戻ってきた。白いワイシャツに焦げ茶色のロンジーを穿いている。髪に白いものが交じる中年の男性だ。親切で敬虔な仏教徒である。訓練が終わると、妻をベッドに休ませ、

「サヤー、軽食を用意しましたので、食べていってください」

「いや、帰ってから食べますので、どうか気にしないでください」

「遠慮なさらずに。すぐにお持ちしますから」

そう言うと、家政婦の女性がお膳に載せた食事を運んできた。ウミウーの好きなモヒンガーだ。近くの店で買ってきたのだろう。熱々のスープをビニール袋から出して丼内の麺にかけ、スダチのようなものが添えてある。ゆで卵が一つ付いていた。

この五階の窓から西南の方角にシュエ・ダゴン・パゴダが見える。夕日を浴びて、尖塔が輝いている。部屋から眺め、拝むことができるなんて贅沢な生活だ。

帰りは長男が大通りまで送ってくれた。通りの手前の木の下でたむろしている数人のタクシー運転手たちに、長男が声をかける。

「誰か、サガーラン（十五番通り）、ヤンゴン総合病院方面に帰るやつはいないか」

四、五人の男たちはロンジーの裾をまくり、煙草を吸いながらだらだらとお喋りに興じていて商売っ気が全くない。夕方のけだるい時間はみんな働く意欲が湧かない。ちょうど向かう先が自宅の方角の運転手がいて、乗り気でないが、応じてくれた。
「俺が行きやしょう」

長男が運転手に、

「二千五百、いいね」と念を押し、タクシー代を払い、

「サガーラン」

と伝える。

タクシーの交渉はミャンマー人同士では殆どふっかけることもないようだ。お互い相場は知っているので、とんでもない料金を言ったら信用されないのは明白だからだ。

シュエ・ダゴン・パゴダの北東の狭くてにぎやかな裏通りは、いわば門前町通りで、人々でごった返していた。その人ごみを器用に避けながらタクシーはノロノロと進む。道の左側には仏陀の大理石像の店や仏具と花屋が並び、右側には野菜と鶏肉、魚の露店が目白押しで、買い物客で混雑している。やがて十字路にさしかかる。そのちょうど右手、緩やかな上りの道の先に、シュエ・ダゴン・パゴダの東参道が眺められた。タクシーはそのまままっすぐ、人気の少ない道を進み、一気に南参道に抜ける道に合流。サガーランを目

指した。

12

次の日の朝六時半、ウミウーはいつものように、十六番通りに出かけた。通りの角にモヒンガーの屋台がある。無駄口を利かない、実直な頑固親父が、汁の鍋を大きなお玉でかき回しつつ、通行人を眺めていた。

ウミウーが近づくと、親父はニコッと笑い、空いた席を指さした。

「ブーディージョー」

ウミウーは笊に載った揚げ物の中からそれを注文した。ヒョウタン型をしたミャンマーの瓜の名前がブーディーと言い、これを十五センチぐらいに細長く切って、衣をつけて揚げたものがブーディージョーだ。ちょうど、蕎麦に天ぷらを入れるのとよく似ている。

椅子に座ると、親父が細麵と太麵を指さす。いつものように細麵の方を指定。親父はそれを一握り分ちぎって丼に入れ、モヒンガーの汁をかけ入れて、小さな玉ねぎを一つすくって足した。（これがうまいんだな、ラッキー）と彼は心の中で叫んだ。さらに、刻んだコリアンダーと粉末唐辛子も（これも入れるかね）と言うふうに、眉毛を上につり上げ

て顎を左右に振ってニコッとし、ウミウーに目で同意を求める。ウミウーが、

「ネーネー（少しだけ）」

と言うと、コリアンダーを一つまみ、唐辛子をレンゲでちょっとすくって丼に加える。最後に裁ちバサミのような大きなハサミでブーディージョーを三センチ程度に切り刻んでは丼に入れ、彼のテーブルに置いた。

ここのモヒンガーは隠し味にショウガが利いていてうまい。他の店と比べると、さっぱり系でやや薄味だが、飽きが来ない。この界隈では人気の店だ。値段もブーディージョーが百チャットで、麺だけだと四百チャット、合計五百チャットで朝食が食べられる。日本円で五十円程度と安い。おまけにテーブル上にあるヤカンには番茶が入っていて、小さな湯飲みで好きなだけ飲める。大満足な屋台だ。

この店の横にはいつも中国系のおばさんが焼きビーフンの屋台を出している。髪を肩まで切りそろえた、六十代ぐらいの年齢だ。白髪が交じり、飾り気のない、真面目そうな女性に見える。彼女の屋台の麺は野菜が極端に少なく、ほぼビーフンだけだ。皿に盛って置いてあるが、減っていない。あまり人気がないのか、お客が少ない。量も少な目だ。一人、中年の女性が立ち寄って食べていたが、全部食べずに残して立ち去った。料金は三百チャットと安いからしょうがないかもしれない。朝はやはりモヒンガーかチャーハンが腹

の足しになり、ミャンマー人には好まれる。

アパートに戻り、着替えてサガーランを北に向かい、アノーヤター通りに出た。

ミャンマーの四月は毎日気温四十度を超える。この時期は乾季から雨季にダイナミックに季節が転換する「暑季」と呼ばれる季節で、猛烈に暑く、町中暑熱がまどろんで動かない。空は一点の雲もなく、深い青に染まり、空気自体が蒸せるように濃密で深呼吸も不可能なほどだ。

日が昇ると、朝とは言え、焼け付くような暑さに包まれた。ウミウーはいつものようにアノーヤター通りに架かる歩道橋に上り、眼下の大通りを眺めた。夥しい数の車が少しでも前に行くために、空いた他車線の僅かな隙間に割り込みを繰り返す。その都度けたたましくクラクションを鳴らした。大都市ヤンゴンでは、隙あらばすぐに路線変更して割り込む、というのが当たり前だ。この大通りは四車線の一方通行で、その中央を飛ばしていた五十八番のバスも、急に一番右の路線に舵を切り、サガーランのバス停に停車しようとして果敢に道を変えた。危険きわまりないが、毎日見慣れた日常の光景にすぎない。それでも、このヤンゴンでは不思議と事故は少なく、皆ぎりぎりのタイミングでぶつかるのをかわしている。運転手の多くは仏教徒であるから、じっと静かに譲り合う精神があっても良さそうなのに、実際はハンドルを握ると皆カリカリとして一秒でも先を急いで殺気立つ。

その喧噪がまた暑さを助長する。この活気と無茶な混沌さがヤンゴンの名物と言えるだろう。

彼は歩道橋の北東の階段を降りた。道端には強烈な朝日を浴びながらも、パイナップルやスイカなどの果物を売る女性たちがしゃがんでいて、真っ直ぐには歩けない。彼はそれを縫うようにして五十メートルほど歩き、ヤンゴン総合病院の西門に着いた。

「プーデー(暑い)、プーデー」

あまりの暑さに、ついミャンマー語で呟いた。

西門脇の右の特等席には、太った中年男性の屋台が店を構えている。下は水色の縞模様のロンジーだが、上は色あせて茶色に変色したランニングを着ていて、病院に出入りする人にキンマを売っている。顔役なのか、人気者なのか、いつもニコニコして楽しそうにお喋りしていることが多い。お腹がでっぷりと出ていて、ロンジーも腰巻きみたいでしまりがない。でも、それがこのおじさんには似合っている。人生に何の心配も困り事もないかのように、毎日生活していて、傍から見るとうらやましい。

物売りは皆それぞれ指定の場所があり、いわば縄張りみたいに、古株が幅を利かせていて、新参者が店を開くことはできない。反対に言えば、それぞれの人の定位置が決まっていて、何をどこで買えばいいか分かり、生活しやすいと言える。このおじさんの向かって右横には若いインド系の女性が乳飲み子を抱えて患者の入院生活に必要な雑貨を売っていた。母親とおぼしきおばさんと一緒に商いをしていて、路上に住んでいると言えた。道端で子どもの面倒をみながら、食事をし、物売りに勤しんでいる。

さらにその横には朝からご飯と総菜を売る屋台が出る。病院内は給食の類いは全くない。患者やその家族は三食ともどこかで買わざるを得ない。ご飯無しでは生きていけないミャンマー人はご飯と総菜を売っている屋台で日々買うので、品数が多く、かつ安くて美味しい店が繁盛する。そこで食べる人は屋台の周囲に設定した椅子とテーブルに腰掛けて食べていくが、持ち帰る人はビニール袋にご飯、おかずをそれぞれ入れてもらい、病棟に帰っていった。それ故、おかず屋は病院に近い場所の店が賑わうことになる。こうして食生活のあらゆる物がここで用を足すことができる。当然、活気があって見ていて飽きなかった。

西門を入って渡り廊下から左手へ進み、回廊のような本館の廊下をしばらく進む。建物は煉瓦造りなのでその中に入るとひんやりとして気持ちが良かった。本館の一階はこの渡り廊下で建物の端から端まで通じていて、いかにもイギリス人好みの構造だ。外観は重厚、格式高く、煉瓦の色がシックで落ち着いている。しかし、一歩病棟に足を踏み入れると、歩く隙間がないくらい、ベッドと患者でいっぱいだ。二階から五階まで、カーテンも空調施設もない、古いままの設備の中、患者であふれている。ウミウーはこの廊下を十メートルほど歩いて、左側から建物の外に出た。

そこには無料で給水出来る大きなタンクがあり、人々は大きなペットボトルを持ってきて、飲み水を補給していた。町で買えば何百チャットかかかるので、患者の介護をしている貧しい家族にはありがたいサービスで、これも誰かによって寄進された設備だ。

そのタンクの正面は本館北出入り口に続く広い道路になっているが、今朝は人々が大勢並んでいた。二十人以上はいるだろうか。手にはアルミの大きなボウルやジュラルミンの弁当箱などを持って、患者の家族たちがニコニコしながら、配給を待っているようだった。うわさを聞きつけ、後から後から人々が走って集まってきている。仏教ののぼり旗が翻り、三輪リヤカーの上には大きな給食鍋のような容器が載っていて、最初に女性がご飯をよそい、次に隣の男性が鶏肉入りのおかずを人々の差し出す器に盛っている。

どうやら、ドネーションのようだ。敬虔なお金持ちの仏教徒が功徳の一環として、懇意のお寺にお金を渡し、「病院の人々に食べ物を提供してください」と依頼し、そのお寺とその関係者が慈善事業として善行を施す、清い行為だ。ウミウーは近寄って、おかずの鍋をのぞき込み、人々が「一食分食費が浮き、ありがたいことだ」と心の底から喜びを感じているのを飽きず眺めていた。人々の助け合いの社会。お金を持っている人が私利私欲で自分の富をさらに増やそうとする、欧米や日本の資本主義社会に対して、このミャンマーでは働いて得た富を「功徳の一環」ではあるが、社会に還元して使う。日本にはない、とても清い行為だと、ウミウーは感動して見ていた。飽きずにずうっと見ていたが、もう八時二十分、そろそろ入院病棟に出勤しなければならない。急いでボージョー・アウン・サン通りを走って渡った。

13

八時半に入院病棟のＰＴ訓練室に着いたウミウーはＯＴ室の明かりをつけ、扇風機のスイッチを入れ、拭き掃除を開始。訓練道具の棚を雑巾がけするが、そこにゴキブリの糞のような物が三、四粒落ちていた。昨日は無かったので、夜中に何かが徘徊していたに違いない。部屋の東側と南側の窓は所々閉まらなかったり、下の方のガラスが欠けていて、そこから何かが出没しているのだろうか。

ＯＴ室の外は渡り廊下かサンデッキのようになっていて、今は使われなくなった古いＰＴの機械や大きな木の棚が埃を被ったまま放置されていた。その外は草が茂った、陰気な空き地だ。廊下の窓ガラスは所々割れて欠けていて、空き地に通じていた。きっとその湿っぽい外部に巣くっているネズミが夜な夜なこの建物に出没しているに違いない。

先月も朝来たら、棚の下をチョロチョロ走って動くものがいた。ネズミだ。もしかしたらこの訓練道具の上を走り回っているのかもしれない。何よりも、ここには広いＰＴ訓練室で唯一ゴミ箱が置かれていて、手を洗って拭いた紙ばかりでなく、ＰＴたちが昼や勤務中に食べたご飯・果物・お菓子の残飯、ビニール袋、発砲スチロールの容器など、あらゆるゴミを捨てている。往々にして蓋をちゃんと閉めないで帰宅すると、夜間、それはネズミたちの格好のエサ場になってしまう。たまに、そのゴミ箱の中に小ネズミが入り込み、出られなくなって、朝出勤してゴミ箱のゴミを捨てようとしてビニール袋を持ち上げたら、ネズミが飛び出したことがあった。ＯＴ訓練室がネズミの食事場所かつ巣窟なんてやりきれないと、ウミウーは拭き掃除しながらため息をついた。ミャンマーではまだゴミの分別がなされていない。そのため、瓶も缶も生ゴミもプラスチックもすべて一緒に捨てるので、野山に廃棄される夥しいゴミはありとあらゆる物質が混じり合って環境を汚染し破壊しているが、どうしようもなかった。

九時二十分、脳卒中患者のドー・キン・シ・タン、五十六歳が車椅子に乗ってやってきた。右麻痺で失語症も伴っていた。バゴーから来た小学校の先生だ。僅か五日前に発症。肩も指も殆ど動かない。訓練中、口を利かず、ウミウーの指示に従って黙々と訓練をしていた。まだ障害受容ができていない。自分の麻痺した身体をどう受け入れればいいか、混乱している。寄り添うしかなかったが、ウミウーのミャンマー語ではかける言葉も表面的でしかなく、十分患者の心に近づくことができなかった。付き添いは姉とのことだった。

「お姉さん、ドー・キン・シ・タンのご家族は」

「妹は独身です。若い頃からずっと小学校の先生をしていました。子どもの教育にとても熱心だったので、結婚する暇がなかったようです。妹にとって教師は生き甲斐です。子どもにミャンマー語を教えるのがとても上手でした」

「お姉さんは近くにお住まいですか」

「妹は村の学校の先生なので、その村に住んでいます。私は結婚して村を出て、妹の住まいから十分ほど車で行った町に暮らしています。両親は既に他界しており、兄弟姉妹は私たち二人きりです。だから、身内は私の家族だけなのです。今後は何とか妹の面倒は私たち家族がみる予定です。サヤー、妹の手は治りますか。歩けるようになりますか。そして村の学校の先生に職場復帰できるでしょうか」

「発症してまだ一週間もたっていないので、これから訓練をやってみないと、どこまで回復するか分かりませんが、かなり難しいかもしれません」

「妹は学校の先生ですから、教室で板書をし、教科書を読み上げ、説明しなければなりません。特に黒板に字を書くことが先生には求められます。何とか復職させたいと、私たち家族は切望しています。それに、村はまだ舗装されていない道ばかりなので、雨季になると泥んこだらけで、歩くのは往生します。妹の家から学校まで五分ほどですが、教科書や教材を抱えて通勤できるかも心配です」

このやりとりをドー・キン・シ・タンは黙ったまま沈鬱な表情で聞いていた。

一時間の訓練が終わると、ドー・キン・シ・タンは「チェーズーティンバデー」と言いたそうだったが、全く言葉が出せず、不自由な右手の四本の指を左手で持ち上げ、ウミウーに感謝の挨拶をするのが精一杯だった。

おそらく学校に復帰するのは難しいに違いない。ミャンマーでは復職するまで二年間の猶予があるらしいが、板書と音読による暗記中心の教育では、教科書を口頭で説明し、黒板にチョークで字を書くことができなければ、先生の仕事に復帰することは困難であろう。また、利き手交換のタイミングも難しい。特に学校の先生に復帰することは日本以上に困難なリハビリの目標だった。まして、丸っこいミャンマーの字を新たに左手で書くことは至難の業であると予想された。それは、ウミウー自身がミャンマー語を習い始めた時、まるで視力検査の表のように○の、右や左や上や下が欠けている文字を見て、右欠けがンガー、上欠けがパー、下欠けがガー、○がワーと何度勉強してもこんがらがった経験から、たとえミャンマー人であっても脳卒中後、利き手交換して左手でミャンマー語を書き、教え、発音するのはきっと困難に違いないと思われた。

一番の問題は、もし失語症が回復しなければ、喋ること自体が困難となり、教科書の音読は絶望的だ。子どもと言葉を喋って話をすることが難しくなる。そうなると教師に職業復帰することは不可能かつ絶望的だ。

バゴーはヤンゴンからバスで二時間程度の比較的近い土地だが、ボランティアでヤンゴンに滞在している彼にとって、頻繁に職場環境の調査に訪れることは現実的に難しい。退院後が常に、この国ではネックになっている。

一時間の訓練が終わり、ドー・キン・シ・タンは車椅子に移った。そこへPTのドー・ヌエ・ゾーが入ってきて、彼女をPT室に連れて行った。姉は頭を下げて、妹と一緒にPT室に移動した。

十時。ウー・ウィン・テイン、脳卒中左麻痺・五十四歳が車椅子に乗ったまま、担当PTに連れられてきた。彼は元船員。日本にも行ったことがあるそうで、片言の日本語を話した。「神戸」「横浜」など、懐かしそうに地名を話す。「ラーメン、大好きです」「寿司も食べました」と語る。でも、気ままに生きてきたため、家族もなく、貯金もなく、戻っていく家もない。家族の絆が強いこのミャンマーの社会の中で、それからもれてしまった人が、脳卒中になり、どうやって社会復帰出来るのだろうか。退院先が見つからない。

入院病棟の車椅子は古くておんぼろだ。彼が乗っているのは標準型でアームレストが固定式で、車椅子から訓練用の椅子に乗り移る時にお尻がぶつかり不便だ。最低デスクタイプか跳ね上げ式のアームレストが必要だが、そんな物はここにはない。またシートがたるんでしなっている。おまけに足を載せるフットレストが右だけ無くなっていて、彼の右足は左足のフットレストの上に置かざるを得なかった。レバー式ブレーキもタイヤが摩耗していて十分利かない。

だが、まだ車椅子があるだけ良いと言わざるを得ない。ベッド・マット・トイレ・シャワー室など、貧困な設備の病棟は果たしてリハビリテーションを標榜していると言えるのであろうかと首をかしげざるを得なかった。しかし、この状況は当然のこと、医師も看護師もＰＴも望んだものではない。ミャンマーのどうしようもない貧しさの根本原因は、突き詰めれば何十年にも及んだ軍事政権時代から来ていた。アウン・サン・スー・チーの新政権になっても、その改革の波はまだこの病棟には及んでいなかった。

第二章　ティンジャンの邂逅

1

ティンジャン（ミャンマーの正月）を明日に控えた大晦日の夜八時、ヤンゴン整形外科病院を出発した貸し切りバスは、バガンを経由して、新年の午後遅く、モンユワの町に到着した。総勢四十名の大所帯だ。初めて参加したウミウーは要領が分からないうえ、知っているのはＰＴのマ・イーだけだったので、バスに乗車して前から二番目の空いた席に座った。マ・イーは仲間のＰＴたちと真ん中辺りで、楽しくお喋りをしていた。見回すと、後ろのほうは若い連中で賑やかだが、前のほうは医師とこのグループの幹事たちが座っていて、静かにしており、雰囲気が違っていた。メガネをかけた幹事役の大柄な女性は、マ・イーからウミウーの事を聞いていたようで、何かと気を遣って既知の友人のように優しく話しかけては、車内で配られたジュースやクッキー、ウエット・ティッシュなど、ウミウーの分を「はい、どうぞ」と回してくれた。

モンユワは遙か北部カチン州の山奥から流れてきた大河・チンドウィン川の東岸に発達した人口二十万、「ザガイン管区」最大の都市である。町に入って道はやがて線路と平行するようになり、そのまましばらく北上した。

ウミウーはこの町に滞在するのかと思ったが、そうではないようだ。三十分ほどそのまま道路と併走していた線路は、郊外に出てから、さらに真っ直ぐ、北部のカチン州ミッチーナーに向けて北上していったが、彼の乗ったバスは線路を横断し、北東に進路を変えてシュエボー方面に向けて進んだ。モンユワ市内を離れると道路の両側の所々に国軍の施設が多く見られ、閉じられた正門の前には兵士が詰めており、ウミウーは緊張した。国軍は広大な敷地を各地の町近郊に設けていて、何か事あればすぐ出動できるよう配置されていた。

モンユワの市街を通過し一時間過ぎた頃、大型バスは何の変哲もない田舎道で急に停車。道路の左手に細い脇道が斜めに走っており、そこに三台の「フェリー」とこの国では呼ばれている軽トラが停車していた。黄昏が迫りつつあり、薄靄が立ちこめている。

日本の中古軽トラを改造し、荷台の左右に長いシートを付け、上を幌で覆い、できるだけ沢山の乗客が乗れるようにしてあり、多くはヤンゴンの学校での通学に使用されている。学校の送り迎えに、同じ地区や同じ方角の子どもたちを乗せて、登下校に活躍するこのフェリー。その時間になるとどこの学校でもその車でいっぱいで、乗り降りする子どもたちと出入りするフェリー、駐車するマイクロバスなどで学校の前の道路を塞いでしまうほど混雑する。学校によっては交通整理する女性警察官が出動し、ピーピーと笛を鳴らして、子どもたちが道路を横断する時に、すべての車を停止させて、子どもたちを守ってくれる。彼女たちは凛々しく、逞しい。

そのフェリーがここに三台並ぶ。どうやら、大型バスはこれ以上狭い道を進めないので、乗り換えるようだ。これから細い道を田舎方面に行くため、大型バスに積んだ医薬品の段ボールはすべて降ろし、このフェリーに積み替えることになった。乗客は三台のどれかに分乗するそうだ。マ・イーがウミウーに呼びかけた。

「ウミウー、フェリーに乗って。荷物も一緒よ」

「どれに乗ればいいんですか」

「私たちと一緒に、ほら、さあさあ、早く」

何人かはPTのようで、マ・イーたちと二台目に乗り込み、ウミウーを手招きする。

「こっち、こっち、さあ」

先に乗り込んだマ・イーが手を差し伸べ、フェリーの後ろに付けたステップに足を掛けて、ウミウーも乗り込んだ。大人数なので、どの車にも十人以上乗り込まなければならない。両側のシートに座れる人は座り、他の人は中央の荷台にゴザを敷いてそこに立て膝や横座りで座った。荷物やら乗客やらで、隙間がない。シートに着席した女性はフェリーの幌の柱にしがみつくが、真ん中に腰掛けた女性たちとウミウーはしがみつくところがなかった。

2

夕闇迫る中、一台目が動き出した。十一月頃から続く乾季の影響で、半年間は殆ど雨が降らない。そのため、ラテライトの大地はからからに乾き、赤茶色の細かい流砂のようになり、ちょっとした風にも舞い上がる。まして、車が未舗装のラテライトの道を通れば、その後方は煙霧となって視界が消えてしまう。おそらく五分か十分、間隔を空けないと、後続の車は視界が見えないまま、その土埃を全身で被ってしまうに違いない。

しかし、夕闇が迫り、脇道は街灯もない闇が支配しようとしていた。道案内の一台目に遅れると道に迷う危険性があるため、なるべく遅れずについていかざるを得ない。それ故、一台目の後方の車は前方の砂埃を全身で受けてしまう。案の定、口も目も開けてはいられなかった。乾季の田舎道のことをミャンマー人たちは皆知っていたようで、同乗の女性陣はショール、マスク、メガネ、帽子などあらゆる「武装品」で身を防御している。マ・イーも抜け目なくショールを被り、マスクをし始めた。（マ・イーは何も教えてくれなかったじゃないか）とウミウーは愚痴をこぼしそうになった。仕方なく、ウミウーは野球帽を被り、手で口を塞ぎ目を細める。隣に座っている女性がそっと手持ちのマスクを渡してくれた。

「チェーズーバー（ありがとう）」

彼はそう言って、彼女を見た。暮れかかるミャンマーの大地を走りつつ、左右前後に不規則に揺れながら、彼が見つめた女性は、長い髪をショールでまとい、にこりと微笑んだ。彼女は土埃対策にちゃんとサングラスを掛けていた。その時、車が大きく左右に揺れ、彼は彼女の方にもたれ込んだ。肩と肩が触れた。

「ソーリー（ごめんなさい）」

そう言いつつ、彼はやおら幌の柱にしがみついた。

「大丈夫です」

彼女も横のシートに手をやって、揺れを必死にこらえていた。

周りは明かりも街灯も一つもなく、漆黒の闇が支配し始め、車が照らす前方以外全く光というものがない世界になった。日本では夜に光のない世界を日常経験することは不可能だが、この地では地平まで続く広大な田んぼに夜が訪れると、人工の光は存在しない。その漆黒の中に、ぽつんと人々の生活している集落が、大海の中の小島のように点在しているにすぎない。しかも、多くの農民はランプを点す生活で、夕食後は早く寝てしまい、いつまでも煌々と明かりを点けていることはない。だから、ミャンマーの広大な農村と田園の夜は真っ暗闇だ。

さらに言えば、あぜ道のような細く、狭く、曲がりくねった未舗装の道を、街灯もないまま運転し、あっちに曲がり、こっちに曲がりして進むので、方向感覚が全くつかめない。どこ東なのか西なのか、北なのか南なのか、進む方向が全然分からなくなってしまった。どこに連れて行かれるのだろうかと不安になった。暗黒の世界がそれを増幅した。

走るたびに車は前後左右に不規則に揺れる。乗客は必死になって、つかめる物を握りしめ、口と目と顔を塞いで我慢した。時々、急に予測しなかった方向にガクンと揺れると、乗客はキャーと叫ぶ。そのあと、再び必死に押し黙ったまま耐えるしかなかった。ウミウーは汗びっしょりだが、それをぬぐう暇がない。

大波のあとに凪が来た、そんな感覚に急に襲われる。やや平坦になったかと思ったら、お寺か僧院らしき建物がシルエットのように微かに闇に見えた。やっと着いたか、と安心したのもつかの間、小さな集落の中心にある僧院の脇の道を通過し、再び凸凹の田んぼの中の細道に出て、果てしない、広大な暗黒の世界に旅立つ。ウミウーは再び柱にしがみついた。隣の女性は首を横に振って、「まだ着きません」と知らせてくれた。

それから二度ほど村に入っては村を通過し、再び広大な田んぼの道に突入した。

一時間以上、必死に柱に掴まって、闇と埃に耐えていたが、四つ目の集落に入り、門らしき左右の柱の間を抜けると、やや明るい、大きな建物が前方に見え、その前庭に静かに、ゆっくりと入っていった。夜七時を回っていた。

「着きました」

彼女はウミウーにそう告げた。

一台目が既に到着していた。この僧院の人が運転していたのだろうか。暗闇の中、道路標識のない道を間違えずに目的地にたどり着いた。その至難の業に、日本人のウミウーは脱帽。驚くばかりだった。

荷台の女性陣は、

「あーあ、大変だったわ。何て言うことでしょう。こんなの初めてだわ」

「体中埃だらけ。髪の中も、鼻の中も、口の中も土埃だらけ」

「必死にしがみついていて、腕が馬鹿になってしまったわ」

とため息をつきながら、車から降り、ショールをはたき、服をはたき、唾を吐いて、身にしみこんだラテライトの土を落とした。勿論、荷物やバッグにも夥しい土が入り込んでいて、それらも全部はたいては振り落としていた。

ウミウーは先に車から出て、マスクを譲ってくれた彼女がフェリーから出て、ステップに足をかける時に手を差し伸べて手助けした。しなやかで、ほっそりとした指の感触が伝わってきた。

「どうもありがとう」

「私こそ、マスクを分けていただき、助かりました。もしなかったら口や鼻の中は埃だらけで大変なことになっていたでしょう」

「いいえ、余分に持っていましたので、使っていただいて良かったわ」

「私は日本人です。名前は松木ですが、ミャンマーの名前はウミウーと言います。私はOTで、今、ヤンゴン総合病院で働いています」

「私の名前はメイ・ピョーと言います。ヤンゴン小児病院のPTです。よろしく」

そう言い終わった時、マ・イーが話しかけた。

「マ・メイ・ピョー、女性陣は二階のカーテンで仕切った中だそうよ。行きましょう。あっ、ウミウー、どうでした。大変だったわよね。ご苦労様でした。あなたも一緒に行きましょう。男性は二階の奥の方ですって」

そう言うと、マ・イーはマ・メイ・ピョーたちと一緒に土埃を払った荷物を抱えて、さっさと建物の方に歩いていった。

ここはどうやら僧院の講堂のようだった。二階建てで、一階は何もなかったが、皆は二階に案内された。二階の広間に入ると手前の半分ほどは左右とも既に布でカーテンのように仕切られていて、外部から女性の着替えや寝姿が見られないように準備されていた。男たちはその奥の半分、何もカーテンも仕切りもない広々とした場所に、各自自由勝手に荷物を置いて、休むことになった。

左右の端は既に医師たちに占有されていて、真ん中が空いていた。ウミウーはその中央に安置されている仏陀の像に近い場所に近づき、今、荷物を降ろしたばかりの若者に尋ねた。

「隣の場所、空いていますか。もし空いていれば一緒に休んでもいいでしょうか」

「どうぞ、ウミウー。私も隣に休みます。よろしく。それにしても大変な一日でしたね。あんなの初めて。びっくりしましたよ」

「一時間も揺れっぱなしで大変でした。あの土煙にはまいったなあ。体中が土埃だらけ。あんな経験は初めてです。ところで、ここはポウンジー・チャウン（僧院）ですか」

「はい、そうです。ここで私たちのモバイル・クリニックが明日から始まります。私は名前をヤン・アウンと言います。ヤンゴン整形外科病院で事務の仕事をしています。よろしく」

「私こそよろしく」

若者はジーパンを穿いていて、髪を短く切りそろえ、爽やかな印象の青年だった。

天井には申し訳程度に扇風機が二機だけ回っていたが、広く、高い天井からでは極めて緩い風しか届かず、座っていても、夜の蒸れたような空気がよどんでいるだけだった。

階下の広間で遅い夕食を八時に食べ、すぐ二階に上がり、寝る準備にかかったものの、毛布一枚、枕一つ、そしてただござを一枚敷いただけの寝床では背中が痛く、寝られるか心配したが、隣のウー・ヤン・アウンはもう毛布をかけて目を閉じていた。

夜間は次第に冷え込んできていた。しかし、フェリーの揺れの疲れか、目を閉じていると、暗闇の中を絶えず揺れるように漂いはじめ、知らぬうちに深い眠りに陥ってしまった。

3

朝五時半を過ぎると明るくなった。皆、ごそごそやりながら起き出し、寝床を片づけ始めている。

隣に寝ていたウー・ヤン・アウンは、起きたかと思ったら、すぐに前方にある仏陀像に手を合わせてお祈りを始めた。敬虔な仏教徒である。とても見習えないとウミウーは感じた。生活と意識の根底に仏教が生きている。

ミャンマーの人は朝、起き抜けに水浴びをすることが多い。これは男性も女性も同じである。この建物の裏手に水浴用の四角い水槽があり、ウミウーもウー・ヤン・アウンと一緒にロンジーを持参して行くことにした。ウミウーはアパートの部屋用の薄くて穿きやすい緑色のチェックのロンジーにした。これも患者にいただいた物だが、穿き慣らすと、軽く、柔らかく、乾きも早いので気に入ったロンジーで、旅にはいつも持参していた。

早朝はまだ肌寒い。皆服を脱いで、水浴び用ロンジー一枚に穿き替え、まず歯磨きをしたあと、洗面器か手桶のような物で貯めた水槽から水をすくって体にかけて沐浴する。寒いが浴びた後、気持ちがしゃきっとして目が覚める感じだ。水槽の周りには木から木に紐が張ってあり、それに水浴び用ロンジーを引っ掛けて干した。替わりに日中に穿く普段用ロンジーに着替えた。

建物は二階建てだが、二階から螺旋階段が屋上に通じており、上ることが出来た。何人かが今昇ったばかりの太陽を眺めていた。朝日は光の靄に包まれているようで、淡い橙色が東の空全体を染めて広がっている。快晴だ。よく見ると、屋上にも中央に仏陀の像があり、黒い上下の服をまとった女性が一心に手を合わせて祈っていた。仏陀は太陽を光背のように背負って鎮座しており、その女性は仏陀に向かって祈りをささげていた。

近づいて横顔を覗くと、昨日のマ・メイ・ピョーではないか。ウミウーもその右横に正座し、彼女と並んで両手を合わせて仏陀に祈った。彼女は横に座った彼を見て、微笑み、再び正面に向き直って、何かお経の言葉を唱え続けた。ウミウーも真似て三度額ずいた。手を合わせて祈り、額ずいて頭を床に深々とつける。それを三回繰り返した。ウミウーも真似て三度額ずいた。やがて彼女が立ち上がり、ウミウーもそれに続いた。

「朝からお祈りしているんですか」

「はい。私は仏教徒ですから、お祈りは欠かせません。どうか今日一日が平穏でありますように、そして私の心も平安でありますように、と祈りました」

「私も、今日からの活動がうまくいきますようにと祈りました。朝から良い天気ですね。今日は何時からモバイル・クリニックは開始されるんですか」

「八時です。六時半から朝食。もうすぐですから、そろそろ二階に戻りましょうか」

彼女とともに二階に降りると、広間の前方のカーテンが一部片づけられ、丸いテーブルがお膳として幾つも並べられていた。土地の人々が家でご飯やおかずを作っては持ち運び、この二階の右側の炊事場で盛りつけを行ってから、テーブルの上に並べている。テーブルは八つぐらいあるだろうか。前の方のテーブルは医師たちと幹部が座り、ＰＴたちは中央の後ろのテーブルに集まった。先に腰掛けているマ・イーが手を振る。

「ウミウー、ご飯ですよ。さあ、ここにきて、一緒に食べましょう。マ・メイ・ピョーも一緒にどうぞ」

「ありがとうございます」

ＰＴの女性五人と同席した。

「遠慮しないで、沢山食べてね」

各テーブルには土地の人が一人付いてよそったり、おかわりを勧めたりして、面倒を見ている。

「たいした物もなく、恐縮ですが、精一杯用意致しました。どうか沢山召し上がってください」

初老の男性が、そう言いながら食事を勧めた。手にはご飯が入った大きなアルマイトの器を持っていた。

「私は、ご飯はほんの少しでいいです」

マ・メイ・ピョーはそう言った。

「そんなことを言わないで、さあ、たんと召し上がってください。サヤーもどうかご飯を遠慮せずに食べてくださいよ」

村人の男性はウミウーの皿に、ご飯をいっぱい盛りつけた。日本のご飯茶碗で三杯分はあるだろうか。朝から山盛りだ。隣のマ・イーは彼以上に盛りつけられたご飯に、テーブル上のおかずをスプーンで載せて、

「ウミウー、これ鶏肉、野菜もどうぞ。スープもあるからね。豆も美味しいわよ」

そう言いつつ、彼の皿に鶏肉や野菜炒めを盛りつける。スープの器もこちらに回してくれた。

彼女は食欲旺盛だ。テーブル中央の小椀に入った灰褐色のタレの匂いを嗅いだ。

「フムエデー（香しい）」

マ・イーはそう言って、皿にある茹でた小茄子をそれに浸けて口に運んだ。

「それは何ですか」

「これはンガピッ。とても良い匂い。食べてみて。でもミャンマー人じゃないと、無理かしら」

「では、少しだけ試してみます」

ウミウーはンガピッをちょっとだけレンゲですくって匂いを嗅ぐが、くさやか塩辛の匂いだ。ちょっとだけ香しいような気もするが、全体としては臭いような、発酵した微妙な

匂いがする。ウミウーはご飯にかけて、かき混ぜてから口にした。

「サッテー（辛い）」

と、彼が言うと、同席のＰＴたちはどっと笑った。唐辛子入りの塩辛タレだ。

この村は豊かでないのか、豪勢な食事ではなかった。骨付き鶏肉も硬いし、骨に肉が少ししかついていない。肉はこの鶏肉だけで、勿論牛肉はなく、豚肉もエビもお膳には載っていなかった。代わりにイモや豆、酸っぱい葉っぱ入りのスープなど、いわば（言葉は悪いが）貧相な田舎料理ばかりで、食欲を大いにそそるものはなかった。それはそのまま村の経済状態を推し量るバロメーターだったが、村人は精一杯給仕し、お代わりを勧め、何かと気を遣ってくれた。村人の心のこもった対応がどんな豪勢な料理よりも心にしみて、彼は感謝の気持ちでいっぱいになった。食事をしているウミウーとＰＴたちを、この男性が団扇で絶えず扇いでくれる。団扇の風が優しくウミウーの顔をなでた。

通常、食後にはバナナがデザートとして出るのであるが、それすら無かった。バナナの季節ではないのか、バナナの木が少ないのか、分からなかった。どういう訳か、リンゴを薄くスライスして平皿に盛って、デザートとして出された。リンゴは切るとすぐ変色しやすい。日本では切ってから食べるまで時間が空く場合、塩水につけてから出すことが常識であり、一般的だが、ミャンマーではその「常識」を誰も知らないと思われることがたびたび観察された。だから、平皿の上に盛られた薄切りリンゴは時間が経って、皆変色して茶色くなり、乾燥もして、見るからにまずそうだった。しかも、日本の蜜入りの甘いリンゴと違い、ミャンマー産か中国産か知らないが、この地で売られているリンゴは日本のリンゴに比較して美味しくはなかった。それでも、この村にとって市場で購入してきたとびきりの果物と思われた。村人の男性がウミウーに話しかけた。

「どうぞ、そのリンゴも召し上がってください」

ウミウーは勧められるままに、その茶色く変色したリンゴを感謝していただいた。そうして食べている間も、村人は団扇で、食べているウミウーに風を送ってくれた。

のんびりもしていられない。食べたらすぐ支度をして、一階にリハビリ部門を設営しなければならない。さすがにマ・イーも食べ終わったら動きが迅速で、エネルギッシュだった。

「ウミウー、八時開始ですからね。よろしく」

「PTは何人くらい来ているのですか」

「全員で十名。そしてOTのあなたを入れて、総勢十一名。村人もそろそろ来始めているから、忙しくなるわよ」

皆、食べ終わった順に支度をして、荷物を運び、場所の設営を開始した。

4

モバイル・クリニック初日。

一階講堂の入口が受付で、そこからクリニックがスタートだ。まず二人の女性の問診。紙を畳んで作った掌サイズの診療冊子を各自に配布し、並んだ順に受付が氏名、年齢、男女別、村の名前などを書き入れ、一人一人血圧計で血圧を測定し記入する。さらに、主訴・障害・病気などを聞き取って書き入れる。

ここに人が集中し、大勢の村人でごった返すから、如何にスムーズに流れるようにできるかが成否のポイントになった。それ故、その混み合う箇所に若い男女のボランティアを重点的に配置し、来た順に村人に番号札を渡し、並んだ椅子に整列・誘導していた。予想通り皆機敏に動いていて、たくましい限りだ。ウー・ヤン・アウンはこの受付から医師の診察への誘導を担当していた。ウミウーと目が合うと、ニコッと微笑んだ。

誘導係は、医師が二人ずつ座っている五つのテーブルを眺めて、どこが空いているか瞬時に判断して、村人を割り振って導いていた。医師たちも皆若く、純真だ。薬が必要な人は薬の処方、リハビリが必要な人はＰＴの指示が出され、ここもボランティアが薬剤部門やＰＴ部門に誘導した。ＰＴは建物の柱から柱に、寝場所に使ったような布のカーテンを三方覆い、中に広い木製のベッドを二台入れ込んだ。入口には紙で「PT」と書いて布に貼り付けてあった。

PT部門に村人の患者が全く来ない時もあるし、一度にどっとやって来る時もあるので、先が読めない。特に痛みなどに関しては薬だけ処方する医師もいる一方、痛いと訴える村人は基本的にPTに回す医師もいて、その勘所が難しいが、概して腰・膝・肩の痛みの訴えは、痛み止めの薬が処方されたあと、PTに回ってくることが普通だ。だから、PTにやってくる患者は小さなビニール袋に入った薬を携えている場合が多かった。

農村では過酷な農作業の影響で、特に膝と腰の痛みの訴えが多く、PTたちは張り切って対応していた。病院で彼女らが日常実施している「レ・チン・ガン（練習）」そのものなので、得意な領域だ。皆若く、生き生きとして取り組む女性たちだ。しかも、皆、日本のような訓練着ではなく、華やかなロンジーのままだ。立ったり座ったり、時にはしゃがんだりするのが不便だと思われるが、その美しい正装がプロとしての意識そのものであった。そしてお互いその美しさを競うように華やかな衣装の立ち居振る舞いは、楚々であると同時に大胆でもあった。かく言うウミウーも上は紺のポロシャツだが、下はお気に入りの、紫色の縞柄のロンジーでOT訓練に臨んでいた。

肩がひどく痛くて手が上がらない農民や、手の関節炎・腱炎を訴える女性が来ると、若いPTでは見切れず、OTのウミウーに回ってくるケースも多かった。マ・イーなどは、「ウミウー、この人あなたの出番よ。よろしくね」

と言って、どんどん回してくる。午前中だけでウミウーは七人の患者を担当した。

午後は四時には終了。村人も殆ど帰っていった。ウミウーは再び男性陣と一緒にロンジーで水を浴びた。六時、夕食の時間だ。大広間に行き、朝と同じ人たちとテーブルに着く。マ・イーとマ・メイ・ピョーとも一緒だ。マ・メイ・ピョーは訓練時には上が黄色、下が紫のロンジーだったが、今は上下ともピンクのロンジーに着替え、明るくさわやかな服装に変身していた。

夕食は朝昼の食事と大して変わらない。鶏肉、野菜の炒め物、スープ、豆料理、そしてンガピッ。そばに朝と同じ給仕の男性がいて、おかずが少しでも少なくなると、レンゲで大きなボウルから掬ってテーブル上の器に足していく。ご飯もアルマイトの容器に山盛りにして入れてあり、スプーンで掬いながら、「ご飯、お代わり、どうですか」と尋ねつつ、各自の皿に盛ろうとする。女性陣は太るのを気にして、巧みにかわして、「もうお腹いっぱいです」と言い、ご飯の上を手で覆う。マ・イーはと言えば、ご飯茶碗二膳分はあろうかと思われる最初の盛りつけを平らげ、お代わりをした。

「ウミウー、あなたも遠慮しないで、どんどん食べてね。今日は患者がいっぱい来たので、お腹減ったでしょ。サーバー（食べて）」

「そんなに食べられませんよ。日本ではいつもご飯は軽く一膳分しか食べていませんから。ご飯は既に皿にいっぱい入っているので、足すのはちょっとだけにして下さい」

ウミウーは給仕の男性の好意は感じながらも、両手で小さい山を作り、一膳分のご飯の量を示した。

一日頑張った後の達成感、安堵感もあり、自然と会話も弾んだ。夕食が済むと、あとは明日に備えるだけで、行事はない。建物の周囲は真っ暗闇で、街灯もなく、人の声もしなかった。食事の後片づけが終わった村民たちは、三々五々、持ち込んだ鍋や釜などの容器を携えて、建物から出て、門を通り、暗闇の中に消えていった。毎日街灯のない夜道を歩いているからだろうか、懐中電灯がなくても、全く不自由はしないようだった。

一階のサンデッキで、参加者たちはお喋りしたりしてくつろいでいる。ウミウーは建物の外に出て、門の所まで行ってみた、本当に真っ暗闇だ。この建物の電気は自家発電していて、モーターが回っている音がする。それ以外のあらゆる音が闇に吸い込まれていた。ふと、見上げると、そこには満天の星がきらめいていた。ヤンゴンの夜は新政権になってから光の洪水だが、田舎のここは星の洪水が闇夜を支配していた。明日の朝も早い。皆、八時過ぎには自分たちの寝床に横になり、そのうち声も少なくなった。ウー・ヤン・アウンはすでに軽いいびきをかいて寝ていた。十時。明かりが突然消え、二階の広間も闇に包まれた。

5

二日目の朝も受付は大忙しだ。多くの村人が訪れていたが、噂を聞きつけて周辺の村からもやって来ていた。中には「自家用」牛車に乗って運ばれ、家族二、三人掛かりで介助されながら医師のもとにたどり着く脳卒中の老人もいて、その人は最後にPT部門に回ってきた。三、四人の若いPTが揃ってこの脳卒中患者を立たせ、バランス訓練と歩行訓練を協力して行った。そして、その訓練が終わると、再び家族の者に抱えられて、建物の外に控えた牛車に乗り込んで、門をあとにした。

モバイル・クリニックは午前中ですべての日程を終了。一日半の間にPT部門は二百名を超える村民を治療した。会場を片づけ、昼食を済ませ、夕方四時にはヤンゴンに向けて出発すると告げられた。それまでの間は自由時間となり、医師たちや若い男女はそれぞれでグループを作って、門を出て散歩に行った。マ・イーもPTたちを引き連れて建物を出て行くところだった。二階にいて、下を眺めていたウミウーはそれを見て、話しかけた。

「マ・イー、どこに行くんですか」

「時間があるので、村内を散歩しに行くところよ。ウミウー、あなたも私たちと一緒に行きましょう。さあ、早く降りてきて」

「分かりました。私も行きたいので、待ってください」

ウミウーもあわてて一階に降り、PTを追って門の外へ走っていった。

村内は各家庭が牛を飼っていて、何頭かつながれていたり、実際にタクシーや自家用車のように人を乗せて、村内の曲がりくねった細道を走っていた。ラテライトの小道は砂のようで、歩くと足を取られて沈んでしまう。その上、平らで均一な舗装とまるで違って凸凹としており、牛車の車輪もその溝にはまって傾きつつ、左右前後に揺れて進まざるを得ないが、車軸に「遊び」があり、凸凹にうまく適合して回り、推進可能だった。

マ・イーが言う。

「あれっ、あの女性は昨日PTに来た脳卒中の人じゃない」

「本当だわ、見て、彼女、手を振っているわ」

若手のPTが応える。家々の境は日本のように塀やブロックで厳密に仕切られてはおらず、竹を割いて囲って井桁に組んでいて、スカスカだからよく見通せる。自宅の庭の井戸から水を汲んで夕方の水浴びをしている女性もいた。胸までロンジーを上げて、その上から水をかけていた。

お喋りをしていた二人のおばさんが一行を見て、手招きした。

「ねえ、寄ってみましょう」

「こんにちは」

「どうぞお茶でも飲んでいってくださいな」

「ありがとうございます。あら、今日午前中膝の治療に来た女性だわ」

「どうですか、少しは良くなりましたか」

「おかげさまで、歩きやすくなりました。まだ長い距離は無理ですが、少しずつ短い距離や家の中で動いています。教えていただいたレ・チン・ガンもするようにしますわ。さあ、このお菓子でも召し上がってください」

テーブルの上にはお菓子があり、家人がお茶を出してくれた。マ・メイ・ピョーが隣に腰掛け、入れてくれたお茶をウミウーに回す。

ちょうどその時、出払っていたこの家の牛車が戻ってきた。この家のご主人のようだ。

「これはまあ先生方、わざわざお越しいただき、ありがとうございました。どうですか、この牛車に乗って村内を一回りしてみませんか。私が運転いたしましょう」

「面白いわ、是非ともお願いします」

マ・イーたちが歓声を上げる。一同五人が乗り込んで出発だ。

牛車は二頭立てでつながっている。二頭だとそれぞれがバラバラでは進まない。つまり、二頭が一緒に揃って同じ方向に歩く時だけに道を正しく進むことができる。一頭の場合、推進力も弱く、進む方向が安定しないので、二頭立ては合理的だ。二頭の牛は文句も言わず、黙々と小道を進んでいった。村内の道は凸凹で土が砂のように深い所も多く、轍ははまりやすい。それに足が取られないためにも、二頭の推進力が必要だ。牛は黙々と、時には鞭を打たれながら、手綱に引かれるままに前方に邁進する。健気な動物だ。とても自動車ではこの道を進むことは出来ない。「馬力」ならぬ、「牛力」があって、農村では馬よりも貴重な動物なのが一目瞭然だ。

農村が近代化され、村内のすべての道が舗装されれば、自動車の方が便利になり、運搬手段としての牛は駆逐されてしまうだろうが、今が前近代的であるが故に、牛は農村で有益な動物として大切にされていると言えるだろう。この風景と生活がいつまで続くのだろうか。

牛車は村内を大きく右回りに進み、村の外に出た。よく見ると前方にもう二台黙々と進んでいる。医師連合車と若者連合車だ。それを見たこの牛車のおじさんは牛に鞭打ち、スピードを上げる。

「さあ、あの牛車たちを追い抜くぞ」

ＰＴたちは大声で叫んだ。ウミウーも「抜かせ」「そら行け」と日本語で叫んだ。若者連合車に併走しはじめると、彼らも大声を上げて引き離そうとする。ラテライトの道はもうもうと土煙が上がり、お互いよく見えない。後続になれば砂塵を全部被るので、三台とも必死でレースに興じる。村外の道はいわば牛車の三車線で、百メートル競走に凌ぎを削った。だが、村内に入るとレースは終了となった。村内はぎりぎり一台がすれ違える程度の幅しかないので、縦列でゆっくり進むしかない。再び、医師連合車・若者連合車・ＰＴ連合車の順に隊列を組んで進んだ。やがて、前方に大きく左にカーブする角にさしかかった。その角にはバケツに水を蓄え、洗面器を持ち、大型水鉄砲を構える、三人の子どもたちが待ちかまえていた。

時はミャンマーの正月。ティンジャンだ。別名水掛祭り。人々は水を掛け合ってお祝いする。かけられてびっしょりになってもそれはありがたいことであり、旧年の邪気を払い、心も清らかになって新年を迎える大切な行事だ。

しかし、かけられても構わない服装ならよいが、女性陣はきれいなロンジーで着飾っている。医師連合車がやられ、若者連合車がびしょ濡れになり、次のＰＴ連合車は帽子・上着などありったけの服や布を被って、何とかかわそうとし、牛車も必死にスピードを上げる。しかし、ちょうど左カーブにさしかかった時、子どもたちはバケツの水、洗面器の水、大きな水鉄砲の水をPT連合車の一行に無慈悲に、容赦なく、嬉々として浴びせた。ビシャッ、ザブンと大量の水を全身でかぶってしまい、晴れ姿の黄色やピンクや紫やオレンジ色のロンジーがびしょ濡れになってしまった。皆キャーキャー言って騒いだ。ウミウーも帽子を被ったが、その上から大量の水を浴びてしまい、ワイシャツもロンジーもびしょびしょだ。呆然とし、気が抜け、悲しいやら、うれしいやら、複雑な気持ちだった。笑うに笑えない、微妙な心境だ。

マ・イーもマ・メイ・ピョーも、そしてウミウーも全身びしょ濡れの虚脱感に打ちのめされたが、この一年間の苦労や邪気がすっかり洗い流され、心が開放されたかのように、すがすがしい気分で満たされた。そして、どういう訳か、じわじわと心が喜びに溢れてくるのを感じずにはいられなかった。

全身に水をかけられ、幸せになるのなら、この猛暑の時期にはうってつけのお祭りだと、ウミウーには思われた。びしょ濡れの五人を乗せて、牛車は揺れながら僧院に戻っていった。

6

夜通し走った大型バスは早朝ヤンゴンに着いた。ヤンゴン整形外科病院前で解散だ。ウミウーは来た時と同様、三十七番のバスで戻ることにしていたが、マ・イーは夫が車で迎えに来ていて、声をかけてくれた。

「ウミウー、あなたのアパートの近くまで送っていくわよ。だから、この車に乗っていきなさいよ。マ・メイ・ピョーはアーロンなので、同じ方向だから、彼女も乗せていくわ。一緒よ」

「バスで帰ろうと思っていたんですが、本当にいいんですか」

「遠慮しないこと。さあさあ」

マ・メイ・ピョーもウミウーに続いて乗り込んだ。ウミウーは車の中でマ・メイ・ピョーに話しかけた。

「是非あなたの病院を見学したいので、今度いつか見学させてください」

「大歓迎です。どうぞ来てください。そしてOTを教えてくれませんか。私たちはPT三人きりなので、どうしても座位や立位の訓練が中心で、手をどう使っておもちゃで遊べるようになるかなど、上肢の機能を改善したり、認知機能を伸ばす方法がよく分かりません。教えていただくと助かります」

「じゃあ、伺うとして、何曜日が都合がいいですか。私も休みを申請しなければならないので」

「カンファレンスなどで忙しい曜日もあるので、金曜日午後が比較的空いているかしら」

「では、調整してみます。また連絡します」

「ええ、いつでも良いのでご連絡を頂くと、うれしいわ」

そう話し、小首を傾げて微笑んだ。えくぼが素敵だった。

アーロンは市の中心部からやや西に位置し、第二次大戦後、日本兵の捕虜収容所があった場所だ。今は住宅が建て込み、収容所の記憶をとどめるものは何もない。遙か七十年以上昔の話になってしまった。

ものの十分もかからずにアーロンに着き、彼女はそこで降りた。そして車に手を振る。車は動きだし、中からウミウーも手を振った。今まで身近にいた女性が、あっという間に遠ざかり、車の後方に消え去ってしまった。この別れがやって来るまでは、モバイル・クリニックの充実感が全身を包んでいたが、一瞬にして、えもいわれぬ喪失感に取って代わられ、彼は急に寂しさを感じずにはいられなかった。

ティンジャンの水掛祭りのモンユワで、マ・メイ・ピョーと出会い、共に過ごした日々。彼はその意味を悟った。

第三章　献身と功徳

1

ミャンマーの新年の休みが終わり、再びヤンゴンの喧噪の中、忙しい日々が始まった。

金曜日の夜、彼女から電話が来た。

「ウミウー、こんばんは、お元気ですか。モンユワは楽しかったですね。思い出します。ところで、明日の土曜日、空いていますか。もし時間があるようでしたら、パゴダでボランティアがあるの。来ませんか」

「土曜日は休みですから空いています。是非とも伺いたいです」

「場所はシュエ・ダゴン・パゴダのすぐ南、マハ・ウィザヤ・ゼティというパゴダです。私は友人の車で行きます。あなたのアパートに寄りましょうか。場所は確か、サガーランでしたよね」

「はい、そうです。でも、道は一方通行なので、アーロンからは車で入りにくいですよ。

私が直接そのパゴダに行きましょう。十一番のバスに乗ればすぐ着くと思います」

「分かりました。そうしましょう。朝八時、マハ・ウィザヤ・ゼティに着いたら、門を通り、そのまま道なりに進んでパゴダに入ってください。私たちはそこで作業していますから、きっとすぐ分かります」

「大丈夫です。では、明日朝八時に」

ウミウーは誘ってくれたことに胸をときめかした。


土曜日朝七時半、アノーヤター通りとシュエ・ダゴン・パゴダ通りの交わる場所にあるバス停に、ウミウーは着いた。歩いて十分かかった。二〇一六年以降、新政権になってからバスは大幅に改善された。それまでは様々なおんぼろバスが好き勝手な路線を、いわば自分勝手に運行していて、煩雑を極め、乗り心地は劣悪だった。それが、主な通りは黄色い中国製の大型冷房バスに統一され、路線も整理されて運行されるようになった。黄色いバスは大量に導入され、暑いヤンゴンでは大助かりのバスだった。しかも、料金は一律二百チャット（日本円で二十円）で、ヤンゴン郊外まで一時間以上乗っていても同じ料金だ。

しかし、すべての旧式おんぼろバスが駆逐されたわけではなく、大型バスが入れないような狭い道やマイナーな路線はかつての年代物のバスが活用されていた。シュエ・ダゴン・パゴダ方面に向かう一部路線も、依然として小型のおんぼろマイクロバスが「現役」で使われており、同じ二百チャットでも冷房はなく、シートはぼろぼろのままだ。この路線は本数も多くはないが、シュエ・ダゴン・パゴダに行くには便利だ。何よりも、南参道から右斜めにパゴダを回り込んで北方向に抜けていくこのルートは大型バスでは通れず、小回りが利くマイクロバスが便利だったので、廃止するわけにはいかなかったようだ。

ウミウーは待つこと十五分、やってきた十一番バスに乗り込んだ。ほぼ一直線に進むバスはシュエ・ダゴン・パゴダ目がけて猛スピードで突き進む。このバスは若い男性の車掌が乗っていて、乗り込んだらその男性が回ってきて、目が合うと乗客は料金を払っている。手には縦に折りたたんだチャット札を百チャット札、二百チャット札、五百チャット札ごとに指に挟んで集金と両替に精を出す。車内が混み合っていても、車掌は確実に直前に乗り込んだ客を覚えていて、その人に近寄り、料金を徴収した。やはり、車掌がいると二百チャット札がなくても両替してくれるので、便利だとウミウーは思った。何よりもワンマンバスと異なり、人間的な感じがした。

ものの十分もかからないうちに、シュエ・ダゴン・パゴダ南参道の手前にあるバス停に着いた。降車用ブザーのような気の利いた物はないので、乗客は外の景色を確認しつつ、自分が降りるバス停が近づくと出口に立っている車掌に「次、降ります」と告げる。すると、車掌は運転手に怒鳴るような大きな声で伝える。もし車掌に伝えないと、場合によっては止まらないで通過してしまうことがあるので皆必死である。自分の行動には自分が責任を持たざるを得ない。

バス停のすぐ右横にパゴダの入口があった。車でこの寺に入るにはゲートで料金を払う必要があるが、歩いて来た人は無料で、ゲートの横を素通りする。緩い上りの道を左回りに進むと、左手に大きなパゴダが見えてきた。

2

軍政時代、人々を震え上がらせたネ・ウィンが勲功の証しとして奉献したパゴダだから、彼が嫌いな人には憎むべき建物と言えるだろう。彼は民主政治を求める多くの民衆を弾圧し抹殺して「ビルマ式社会主義」の名の下に恐怖政治を行い、経済や社会を長年に亘って停滞させた張本人だ。その過去をきちんと踏まえて、ここにお参りする必要がきっとあるだろうとウミウーは思い、入る時に気合いを入れた。しかし、実際にこのパゴダに足を踏み入れると、拍子抜けしてしまった。パゴダ自体はシュエ・ダゴン・パゴダに比較するとまるで大人と子どもほどの偉容の違いがあった。ごく普通の規模のパゴダだ。むしろ、それを抜きにすると、なかなか趣のある、静かな、穴場的な存在だった。

ぐるっと回り、北の入口から履き物を脱いで中に入る。十人ほどの人々が既に掃除をしており、その中から菅笠を被った女性が彼に手を振った。マ・メイ・ピョーだ。

「ウミウー、おはよう。ちょうど今始めたばかりよ。リュックとサンダルはそこに置いて、一緒に手伝ってくださいね」

彼女は一同に紹介する。彼はミャンマー語で自己紹介した。

民衆はお参りする時にお花を持参し、パゴダの周囲や中の花瓶に飾るが、数日してそれらがしおれてくると、片づけてきれいにしなければならない。それをグループでボランティアとしてほぼ毎週行っていた。しおれた花を全部取り替え、替わりに自分たちが購入した花を花瓶に挿してパゴダ内外に飾り付ける。

「今日は私の友人のマ・キン・ウィン・フナインの誕生日。それで彼女がお花を買って寄進しました」

そう言いながら束になった黄色いグラジオラスの花を指さした。三十歳くらいの清楚な女性がにこやかに、かつ、かいがいしく働いている。

「一緒にお花をきれいに揃えて整えましょう。手伝ってね」

屋根のある北門の下が日陰になっていて、そこでみんなで作業を開始した。グラジオラスの大きな束が幾つもあり、それらをほどいて、一つ一つの花の長さを切りそろえ、下のほうの葉はむしっていく。全部で五百本は優にあるだろうか。かなりの本数だ。

ウミウーも他の女性がやるのを真似した。数人男性も混じっているが、主導権は女性が握っていて、男性にも指図していた。みんな仲間内なので和気藹々と楽しげだ。整い次第、今度はまとめて水を張った大きなアルマイトの瓶に挿す。すべてが挿し終わると、仏塔の前の大理石の床にそれらを何列かに並べ、その花瓶の後ろに今日寄進したマ・キン・ウィン・フナインが立ち、写真に収まる。にこやかで、晴れやかな笑顔だ。仏教徒にとっては功徳を積む大切な務めであり、花でパゴダを覆うのは女性らしい行いでもあった。

そのあと、仲間全員も並ぶ。

「ウミウー、ここに並んで」

マ・メイ・ピョーが手招きする。彼女の隣に並び、携帯を構えた女性に向かって合掌してにこやかに微笑んだ。大理石の床は太陽の熱を吸収して焼け付くように熱い。何枚も撮っていると、男性が喚く。

「早く写真を撮ってくれよ。足の裏が熱くてたまらない」

パゴダの周囲に八カ所、曜日ごとのお祈りする場所がある。北はモグラ、北東はトリ、東はトラ、南東はライオン、南はキバのある象、南西はナーガ、西はネズミ、北西はキバのない象、と決まっている。ウミウーは木曜日生まれだから西・ネズミだ。それぞれの横に一つずつグラジオラスの花の瓶を立てかけて回った。さらにパゴダの中に入り、中央の仏陀の像の周囲にも小さめの瓶に入れた花を飾っていく。パゴダの中はひんやりとし、参拝者は座ってお祈りをしていた。天井を見上げると、星座や動物や幾何学的模様が描かれており、不思議な世界が広がっている。

十一時半、すべての作業が終了した。

「ウミウー、これからモヒンガーが振る舞われます。あなたは好きかしら。これもマ・キン・ウィン・フナインのご厚意です。さあ、座っていてくださいね」

作業が終わる頃、麺を入れた大きなボウルに、これまた汁を入れた大きな鍋が、屋根のある北門の、ゴザを敷いた床に広げられ、中年のご婦人があぐらをかいて座り、持参した丼に麺をちぎって入れ、汁をかけ、刻んだコリアンダーと粉末唐辛子を振り入れ、四分の一に切ったライムを搾って各人に振る舞われた。大量に注文したらしく、かなり余ったようで、参拝して帰る人々にも提供された。さらに、ここで飲み物や花などを売っているおばさんたちが横で日差しを避けて座ってお喋りしていたが、その人たちにも無料で「どうですか」と丼が差し出された。おばさんたちは予期しなかったご馳走に嬉々として頬張っていた。

兎に角、功徳の一環として人々は善行を心がけ、日々実践することが仏教徒としての務めであり、このようにして懇意のパゴダに絶えず関わる行いが功徳を積む行為とも言えた。皆持てる財産や収入をつぎ込んで、仏陀に奉仕することを無上の喜びとしていた。日本では、金持ちはさらに自分の富を増やすことだけに人生を専念するが、こちらの人々はたとえ貧しくとも稼いだ金の一部を仏陀のために使う。こうして、お金が回り、経済が循環していく。マ・メイ・ピョーも私利私欲を捨て、自分の時間も、自分のお金もすべて、仏陀に捧げる気持ちであふれている。ウミウーには清い行い以上の、想像すらできない精神世界があるように感じられた。

食べ終わった後、お開きだ。マ・メイ・ピョーは午後から理学療法士の会議があり、タクシーで出発することになった。

「ウミウー、今日はありがとう。感謝します。ありがたかったです。毎週ではないけれど、月に一回くらいマハ・ウィザヤ・ゼティでお花を飾る奉仕がありますので、連絡しますね。その時はよかったら参加してください。今日はＰＴ士会の会議がこれからあるので失礼しなければなりません。タクシーでアパートまで送っていきたいけれど、時間がないし、方角が違うのでごめんなさい。それと、明日、タンリンの僧院でこれもボランティアがあるの。日曜なので申し訳ないのですが、時間があったらお願いしたいのですが」

「時間はあります。何時からですか」

「午前中ですが、遠いのでバスで行きます。マハ・バンデューラ通りのサガーランのバス停を知っていますか」

「ええ、知っています。アパートから近いです。歩いて五分ぐらいですよ」

「じゃあ、そこに朝七時半に待ち合わせ、一緒に五十七番のバスに乗りたいと思いますが、どうかしら」

「大丈夫です。そこで待ち合わせましょう。今日は初めてでしたが、有意義な時間を過ごすことができ、楽しかったです。また、お願いします。私は歩いてでも帰れますので心配無用です」

「えっ、ここから歩くのですって。こんなに暑いのに」

「歩くのは慣れているので、気にしないでください。大丈夫ですよ」

「でも、時間かかるわよ」

「ヤバデー（平気です）。時々アパートからシュエ・ダゴン・パゴダまで歩いたりしますから、三十分でも一時間でも歩くのは平気です」

「そう言われると申し訳なく思うわ。でも、気を付けてくださいね。暑いから。今日手伝っていただいたこと、とても感謝します。チェーズーティンバデー、シーン」

彼女はやって来たタクシーに乗り込んでマハ・ウィザヤ・ゼティを後にした。残りの人たちは心配して尋ねる。

「ウミウー、タクシーを呼びましょうか」

「歩くなんて無茶だわ。暑さでへたってしまうわよ」

今日知り合った人たちは心配して気をつかってくれる。

「いいえ、大丈夫。歩くのは慣れています。それに、歩くのが好きなんです。アパートまで三十分あれば着くでしょう。ここから道は下りなので楽です。真っ直ぐ下って行けばすぐです。今日はありがとうございました。またお会いしましょう」

ウミウーは皆と別れ、日傘を差して、シュエ・ダゴン・パゴダ通りをまっすぐ南に向かって歩いていった。太陽は依然として真上にあり、その日差しは焼け付くように熱かった。花をパゴダに手向けるという作業に肉体は疲労を感じたが、打算もなく、欺瞞もなく、純粋に清い行いに精神を集中できて、心はむしろ満ち足りて充実し、気力が溢れるのを感じた。

3

スーレー・パゴダはヤンゴンの中心であり、いわばヤンゴンの「へそ」とも言える。市内の交通の起点となるランドマークでもある。また、この周辺には、市庁舎、最高裁判所、独立記念碑など歴史的建物も多い。このパゴダを中心に東西はマハ・バンデューラ通り、南北はスーレー・パゴダ通りが走っている。スーレー・パゴダの西側にはインド人街が広がり、さらにその西には中国人街が続く。すべてのバスは、いわばこのスーレー・パゴダを起点にして出発し、ここを終点として戻ってくる。

十五番通りがこのマハ・バンデューラ通りと交わる所にバス停があり、周囲には中国人が多く住んでいて、バス停周辺も色々な店と多くの買い物客で賑わっている。新政権になって市内に導入された黄色いバスの料金は一律二百チャットだが、この通りを走る五十七番のバスはどういう訳か百チャットである。色も黄色ではなくエンジ色をしている。日本で言えば「都営バス」とでも言うのだろうか。会社の経営母体が違っているのかもしれない。庶民にとっては安くて助かるが、その分いつも百チャット札を用意しておかなければならないのが難点だ。従って、十五番通りのバス停からスーレー・パゴダに行く場合、黄色いバスに乗れば二百チャット、エンジ色のバスに乗ると百チャット、と違っている。

それを知らないとエンジ色のバスに乗り込んでも二百チャットを払ってしまいかねない。

大型バスは新政権になり、殆どがワンマンバスになった。乗客は乗り込んで、運転手横の料金ボックスに各自お金を入れる。だから当然のこと、乗客が二百チャット札しかなくて五十七番のバスに乗ってしまった場合、運転手に両替を要求しても、運転手は運転に専念しているので両替はしない。各バス停で夥しい乗客が殺到し、両替する暇もない。そのため、二百チャット札しかない乗客は、バスに乗り込んだ後、料金箱にお金を入れずに立ち続け、あとから入ってきた乗客がもし百チャット札を持っていると、それを受け取り、自分の二百チャット札を料金箱に入れてからバスの奥に移動していく。生活の知恵とも、庶民のたくましさとも、人間らしい融通さとも言えるだろう。だが、とても面倒だ。

七時二十分、ウミウーはアパートから歩いて五分ほどでこのバス停に着いた。朝の路上は物売りと買い物客でごった返し、活力溢れる時間帯だ。乗るのは五十七番のバスと言われたので、やってきた九十番のバスが停車してもやり過ごそうとすると、降りる客の中にマ・メイ・ピョーがいた。

「ウミウー、おはよう。待たせてしまいましたか」

「いいえ、ちょっと前に着いたところです。どうして九十番のバスに乗ってきたのですか」

「私の家からここまで九十番で、乗り換えなしに来られるから、これに乗りました。でも九十番はスーレーからは違う道を行くので、あなたとここで合流し、五十七番のバスに乗り換えることにしました」

「ほら、ちょうど五十七番のバスが来ました」

乗る人が多く、乗車口に殺到して混み合った。我先にと狭い入口に押しかけ、まして料金を運転手横の箱に入れていくので手間取っている。整列乗車という習慣がミャンマー人にはない。運転手は「お客さん、乗る人が多いので奥へ詰めてください」とアナウンスを繰り返す。渋々奥に移動するが、つり革に掴まった乗客はそのまま自分の位置を確保するので、バスの真ん中の一人分のスペースしか人の動きがない。それでまた混み合ってしまう。ウミウーは大勢の乗客に圧迫され押し流され、彼女と離ればなれになってしまったまま、スーレー・パゴダまで運ばれた。

十分ほどでスーレー・パゴダに着くと多くの人が降りて、他のバスに乗り換えた。乗客は三分の一ほどに減り、ウミウーとマ・メイ・ピョーはバスの後方に移動し、空いた席に二人で腰掛けた。マ・メイ・ピョーは上下とも山吹色のロンジーを着ている。

バスはそのままマハ・バンデューラ通りを東に直進し、テイン・ピュー通りを越えて、二つ目のバス停で止まると、

「ウミウー、ここで降ります」

と、彼女は言った。

そこには既に三十三番のバスが待機していて、後続の三十三番もすぐ着いた。

「ウミウー、三十三番に乗り換えよ」

今度は二百チャットだが、バスはひどく旧式の大型バスだ。窓は固くてなかなか開かない。シートが高く、座ると足が床に着かない。全体として照明も暗かった。

乗客は二人を含め六人で出発。車掌付きだ。途中で何人かを拾った。ヤンゴンの東側を蛇行しながら北から南に流れて、バゴー川に注ぐ大きな川に差し掛かった。そこに巨大なマハ・バンデューラ大橋がかかっている。橋は大きく左にカーブしながらかなりきつい上りになり、その中程に差し掛かると、マ・メイ・ピョーが左の窓を指さした。

「ウミウー、あれ見て。シュエ・ダゴン・パゴダよ」

「どこ」

「ほら、あの川の向こうに緑の丘があるでしょ。その上にキラキラと尖塔が輝いているわ」

彼女は両手を合わせて祈った。尖塔は朝日を浴びて、川の向こうの小高い丘の上に燦然と輝いていた。こんな遠くからでも見通すことが出来る。偉大な存在だ。

バスはかなり飛ばして走り、今度は右手に川幅の広いバゴー川にかかる、タンリン大橋に差し掛かった。よく見ると橋の中央には線路があり、列車が走っているようだ。鉄道と車の両方が利用する橋だ。橋の手前に竣工記念碑が建っていて、中国の援助でこの橋と線路は建設されたようだ。しかし、枕木を固定する釘が浮かび上がったり、所々抜け落ちていて、脱線事故でも起きないかと心配するほど線路は朽ち果てた代物だった。絶えず保守点検が行われていないことが明白だ。造っても維持管理をしっかりしていなければ、老朽化していく。

川幅はかなり広く、太陽の光が川面に反射し、キラキラと輝いている。左の窓から入ってくる風が気持ちいい。日曜日だからか、下りのこちら側の車線が渋滞しはじめ、渡りきるまで十分以上かかった。

バスは橋を渡ると、すぐに幹線道路から右手の片側一車線の狭い道に入り、五分ほどでタンリンの市場に到着した。賑やかだ。買い物客が大勢やってきており、それを待ち受けるバイク・タクシーが市場の出口にたむろしている。彼が乗り込んだバスは暫く停車して新たな乗客を乗せ、出発した。どういう訳か、三十三番のバスは後から後からひっきりなしにやってくる。市場を出て、右手にカーブしながら曲がると、公立タンリン病院が道路右手に見え、すぐに幹線道路に出た。

幹線道路は所々舗装に穴が空いていて、それを避けて進むので左右に揺れる。片側二車線だが、前の車を追い抜こうと、外側の車線の更に外側に飛び出て、猛烈なスピードをあげる車が多い。その都度、土煙が舞い上がり、ウミウーの乗ったバスの窓から吹き込んできた。みんなこんな悪路を物ともせず、自家用車・バス・トラックまでがぶっ飛ばして、少しでも前に行くために殺気だっている。まるでカーチェイスをやっているようだ。

市場を出発して二十分もすると、やがて、道は緩やかに左にカーブするが、その手前で右に分かれる道があり、「ティラワ経済特区」と大きな看板が立っていた。右の道は日本政府が総力を挙げて開発した広大な経済特区へと通じていた。左側の本線を道なりに進み、やがて大きなパゴダに差し掛かった。

「ウミウー、ここで降ります」

マ・メイ・ピョーが言った。あわてて降りた。

「ここで十七番のバスに乗り換えます。暫く待ちましょう」

「このパゴダは何て言うパゴダですか」

「チャイック・コウック・パゴダと言って、とても有名です。一番上に登ると、ヤンゴン市街も眺められます。勿論、シュエ・ダゴン・パゴダも遠くですが、望めます。今度いつか一緒にお参りしましょうね」

次々と来るバスは皆三十三番ばかりだった。道路脇は乾いた土が堆積していて、車やバスが通るたびに土埃が舞った。待つこと十五分、十七番の小型のマイクロバスがやってきた。満員で混んでいた。また二百チャット払わなければならない。小銭を多く用意してこなかったウミウーは千チャット札しかない。

「ウミウー、大丈夫よ。私が二百チャット札持っているわ」

マー・メイ・ピョーはそう言いつつ乗り込んで二人分払ってしまった。

このバスは道を真っ直ぐに進む。途中左に入る道もあり、そちらのほうが交通量が多い。どうやら先に大学があるらしい。三十三番は左に曲がっていった。十七番バスはアップダウンのある田舎道をさらに進んだ。窓の外を見ると、道路左手の灌木の中にクリスチャンの墓が沢山眺められた。墓に十字架が立てられている。

彼女は運転手に言った。

「パヤー・レー（小さなパゴダ）で降ります」

パゴダから十分程度来ただろうか。降り立った場所はバス停の標識もなく、辺鄙な田舎の道端だった。ウミウーはふと時計を見た。八時半だ。十五番通りのバス停から一時間かかってしまったことになる。

「ウミウー、こっちよ」

と、言って、彼女は脇道を奥に進む。道は凸凹で、しかもラテライトの細かい土が砂のようで足が沈んでしまい、歩きにくい。右側の塀の中では高校生くらいの若者が二十人ほど上半身裸、下はズボンのまま、裸足でボールを蹴り合ってサッカーをしていた。

「ここは孤児院で、男子の住居です。奥の方には女子の孤児の建物もあります」

にこやかにスポーツをしている若者たちが、本当は孤児だったのか。いったいどんな経緯があって、孤児となり、引き取られたのだろうか。敬虔な仏教の国であっても、孤児という状況はなくならない現実がここにある。

二百メートルほど真っ直ぐに続いた道は直角に右に曲がった。すぐ左手に女子の孤児の宿舎があったが、外に出ている者は誰もなく静かだ。門は閉じられていて、何人をも拒否しているかのようだった。更に二十メートルほど進むと左手に門があり、僧院の建物が広がっていた。

4

ミャンマーでは僧院を中心として社会が成り立っている。そこで生活しているポウンジー、つまり僧侶が絶対無比に尊敬される。人々は本当に心の底から尊敬しており、絶えず拝み、絶えずひれ伏す。どんな不良少年でも、ポウンジーの前では、「借りてきた猫」のように神妙に、小さくなって、座して頭を下げざるを得ない。それほど絶対的な存在だ。従って、この僧院を訪れたら、マ・メイ・ピョーもウミウーも礼儀として真っ先に責任者の僧のもとに挨拶に行く必要があった。

「ウミウー、ここでヤーピャーニー僧に挨拶します。さあ、履き物を脱いで入りますよ」

「はい、分かりました」

右手の平屋の建物に入ると、恰幅の良い、丸顔の四十代と思われる僧侶がニコニコとして、籐の椅子に座っていた。彼女と彼は床に座り両手を合わせて拝み、床にひれ伏す。三度この挨拶をして、やっと話を始めることができた。

「ポウンジー、彼は日本から来た松木俊幸と申します。ミャンマー名はウミウー、ＪＩＣＡから派遣され、今ヤンゴン総合病院で働いています。よろしくお願いします」

「ほほう、日本から来られましたか。今日はわざわざこの僧院クリニックに来ていただき、ありがたく思います。マ・メイ・ピョーの努力のおかげで、毎週近隣の村人がＰＴ治療を受けるためにやってきます。とても人気があり、多くの村人が途切れることなく訪れています。大助かりです。ウミウーもどうか可能なら来ていただけませんか。心より歓迎いたしますし、頼りにしております。市内からですと遠いし時間もかかりますので、いっそのこと、この僧院に泊まっていただいても構いませんよ。泊まる場所は用意いたします。また、時々講堂で瞑想の合宿も開催していますので、興味がおありでしたら、歓迎します。その時には声をかけますので、是非ご参加いただければ幸いです」

「このたびは、ここに来ることができ、またポウンジーにもお会いすることが叶って、感謝いたします。力いっぱい努力して患者さんのために頑張りたいと思います。これからもよろしくお願いいたします」

儀礼的な挨拶が済むと、横の丸い座卓のテーブルの上に並べられたお菓子、バナナ、果物をいただきながら、とりとめもない話を交わし、頃合いを見て、マ・メイ・ピョーは、

「それでは、そろそろクリニックに移りたいと思います」

と切り出した。

その場を辞し、隣の二階建ての建物に移った。ここは寄進されたお金で造ったクリニックであった。この敷地内には、ほかに大きな講堂も、多くの僧侶が寝泊まりする宿舎も、外来者が使用する水洗トイレの建物もあり、すべて信徒たちが清いお金を提供して建造した物だった。

クリニックの一階は右側が内科の診療、左側が歯科の治療、そして奥の湿った、カビくさい部屋がＰＴと区分けされていて、内科には女性の医師が既に一人の患者を受け付けて

いて、次の患者が横の椅子に座って待っていた。反対側の歯科は男性の歯科医師が小学生くらいの男の子の治療をしていた。日本の歯医者の治療台に比べれば貧弱でシンプルだが、一応歯の治療をするための設備は整っていて、形だけはしっかり行われているように感じられた。とは言え、高度な歯科治療はできないので、主に虫歯を抜くのが治療の中心であるようだった。両側の先生たちに会釈したあと、奥にあるＰＴ室にマ・メイ・ピョーとともに入っていった。

ＰＴの治療は誰でも常に一定だ。まず第一が物療。電気治療と温熱療法。病院外では電池式の小型携帯低周波治療器を用いて、あるいはもし購入出来れば電気で温める赤外線治療器を使って、膝や腰の痛い部分に当てて痛みを和らげる治療。あとはミャンマー語で「レ・チン・ガン」と呼ばれる「練習」、具体的には腰痛体操や膝の運動療法が中心となる。それ故、患者の患部を触診して、筋の緊張をほぐしてから他動的に動かしたりすることがない。

一方、ウミウーは日本ではまず触診し、筋緊張の程度を調べ、他動的に徒手で動かし、さらにそのあとで自動運動を教えていた。いわば徒手的治療がメインだから、この国のＰＴたちの方法と違った取り組みと言える。当然の事、同じ腰痛でもマ・メイ・ピョーはまず腰を温めてから、家庭での自主訓練の方法を教え、膝は痛みが強い場合に電気で治療する、という方法を採用していた。特に病院外の、訪問リハビリやモバイル・クリニックではそれしか方法が無かったからでもある。つまり、腰や膝は物療で済ますことができれば物療だけでＰＴが終了してしまう。一方、ウミウーは肩関節の患者でも腰痛の患者でも、さらには膝関節の患者でも、まず触診し、圧痛があるかどうか確認して痛みの程度を評価し、他動的に動かして緊張をほぐし、滑らかな、望ましい自動運動を促通することを主眼としていた。ただ、ウミウーの療法は丁寧だが時間がかかり、多くの患者をこなせないのが欠点だった。

ここは田舎の農村の環境ということもあり、膝と腰が痛い村人が多く、それらの患者はすべてマ・メイ・ピョーが担当し、肩が痛い人や上肢に障害や問題がある人はウミウーが引き受けた。

昼になった。リハビリの患者は終了。

「ウミウー、先に手を洗い、お昼にしましょう。手はあそこの水槽で石けんを使ってね」

ポウンジーがいた建物の外には、ウミウーの腰くらいの高さの四角い水槽があり、そこに行くと、中に水が貯められており、横にある桶で汲んで石けんで手を洗った。ついでに埃にまみれた足にも水をかけた。

5

僧侶のいた建物の道路向かいに柱を立ててトタンの屋根を載せただけの休息場所があり、そこにはテーブルと椅子が並べられており、テーブルの上には既に色々な料理が皿に盛られていた。どうやらお昼はここで食べるようだ。ウミウーがマ・メイ・ピョーと一緒に着席すると、若い僧侶が給仕をしてくれ、平皿にご飯を盛りつけた。鶏肉、野菜の炒め物、茹でた豆、スープ、豚肉、などいっぱいだ。マ・メイ・ピョーがせっせとレンゲで掬って彼の皿に載せる。心地よい風が吹いている。空は晴れて透き通った青い空が広がっていた。

「ウミウー、今日はどうでしたか。疲れましたか」

「いいえ、疲れはしませんでしたが、十分治療できたか自信がありません。来週も日曜日はマ・メイ・ピョーは来るんですか」

「はい、私は仏教徒。ここのポウンジーを尊敬しています。ポウンジーのためにはできるだけ奉仕したいと思っています。ウミウーも可能でしたら、一緒に来ませんか」

「是非、私も参加させてください。お願いします。チャノ、チョーザーメ（私は頑張ります）」

そう言うと、マ・メイ・ピョーは首を横に振って、

「頑張らなくて良いのよ。あなたのその清い心がありがたいわ。すべては日々功徳を施すことが、良い生き方の証しだと思います。信じるままに、なすがままに、仏陀の御心のままです。無理しないで、生きていきましょう」

自分の個人的な時間を、祈りと功徳の行いに費やしている。私利私欲も、名誉も、名声も、それらすべての我欲を、祈りと行動によって超越しようとしている。

「ウミウー、私は今三十二歳です。五十歳になったら退職し、僧院で瞑想生活に入るつもりです」

「まだ若いのに、どうして結婚したり、PT士長になったりして、社会の中で生きていかないんですか」

「一生を仏陀と祈りのために奉仕したいと考えています。それが仏教徒としての望みです」

「結婚は」

「良い縁があれば、したいと思っていますが、まだそういう男性が現れていません」

そう、言いながらウミウーの方を見つめ、両肩をすくめた。その笑顔が素敵だった。とても、三十二歳には見えなかった。女ばかりの職場で、それなりのプライドと責任のある職に就いている限り、ミャンマーであっても男性との出会いは難しいのかもしれない。

「ウミウーは幾つなの」

「私は三十五歳です」

「もう結婚されているの」

「いいえ、まだ独身です。私もなかなか縁がなくて、良い人に巡り会わないんです」

「あなたこそ、優しくて素敵な男性だと思うわ。ご兄弟は」

「妹が一人いますが、彼女の方が先に結婚してしまいました。あとは母だけです」

「お父様は」

「父は去年脳卒中で亡くなりました」

「お母様も寂しいわね」

「何とか身の回りのことが自分でできるので、一人で生活しています」

「お母様を大切にしてあげてね」

「はい、ありがとうございます。さっき、五十歳から退職し、その後ずっと瞑想生活をするとのことでしたが、せっかくPTをしているのにもったいないし、仕事をしているほうがやりがいもあるんじゃないでしょうか。仕事を辞めるなんて寂しくはないですか」

「そんなことはないのよ。瞑想して心が平安になれます。私たち人間は所詮ちっぽけな存在です。人を殺したり、裏切ったり、奪ったりしていては、いくら富を築いたとしても心は満ち足りず、いつまでも不安で汚れた生き方をしてしまいます」

そのような彼女の生き方を聞いて、ウミウーは考えてしまった。「五十になったら退職して瞑想生活」という価値観をどう理解したらよいのだろうか。日本では切磋琢磨してより良い技術、より良い生活を目指すのが当たり前だ。それが本当に「より良い人生」と言えるのかどうかは分からないが。

やがて内科も歯科も終了して医師と歯科医師が戻って来て、一緒に食事となった。医師は自分の車を運転し、それに歯科医師も乗せて訪れていた。

「ウミウー、初めまして。歯科医師のアウン・ウィン・シェインと言います。タケダーから来ました。私少しだけ日本語知っていますよ。コンニチワ、アリガトウ。二週に一度私はやってきます。よろしく」

「私は内科医のティン・テイン・イーです。私も毎週ではなく、仲間と交替で時々来ます。よろしくね」

医師はご飯をちょっとだけよそってもらったが、男性の歯科医師は皿にご飯茶碗三膳分はあろうかと思われるほど山盛りにして、おかずもいっぱい入れて食べ始めた。

全員が昼食を食べ終え、再び僧のいる建物に行って、座って挨拶をした。訪問の始めと終わりには必ずポウンジーのヤーピャーニー僧に挨拶と手を合わせて額ずくことがウミウーには自然に身に付いてきた。

「ウミウー、是非また来てくださいよ。待っています。マ・メイ・ピョーも来るので一緒に来てください」

ポウンジーはニコニコしながら、ウミウーにそう伝えた。

医師の車に同乗させてもらい、橋を渡ってすぐ西の一帯がタケダーと名の付く地域だ。そこのロータリーで、歯科医師を降ろし、そのまま市街へと進んだ。

「ウミウー、今日はありがとう。とても一人では見切れなかったわ。あなたが肩と上肢の患者を全部見てくれて大助かりでした。来週の日曜日も私は行く予定です。もし可能なら、一緒にバスで行きませんか」

「多分大丈夫です。一緒に行きます。またサガーランのバス停で七時半でいいですね」

「はい、それで構いません。よろしくお願いします」

「それと、今度の金曜日午後は見学させてもらってもいいですか」

「ええ、今週金曜日午後は会議はありませんので、どうぞ来てください。場所は分かりますか」

「いいえ」

「鉄道の駅のシャン・ランを知っていますか。その近くに中国大使館があり、その道路向かいがヤンゴン小児病院です。バスで来るなら、ピー・ランの国立博物館の次のバス停で降りると、左の角にハルピン・ホテルがあるので、その前の道を西に真っ直ぐ十分ほど歩けば、道路の左側に病院はあります。兎に角、ハルピン・ホテルを西に行き、中国大使館を目指して歩けばすぐ分かります。病院に着いたら私に電話してください。玄関まで迎えに行きますから」

彼女はそう教えてくれた。そうこう話しているうちにサガーランに着いた。ここでウミウーは降り、車はそのままアーロンまで彼女を送っていった。車の中からマ・メイ・ピョーがウミウーに手を振った。

6

金曜日午後に休みを取って、二時少し前、ウミウーはヤンゴン小児病院の玄関に着いた。殺風景な玄関で、外来者のための受付もなく、PT訓練棟の場所が分からない。仕方なく、マ・メイ・ピョーの携帯に電話して、玄関の外で待った。

ものの五分もしないうちに彼女はやってきた。いつものロンジーと違って、制服と思われる水色の訓練着を着ていた。病院の中央廊下を真っ直ぐに行くと、その突き当たりにガードマンがいて、網状の出入りの扉があり、出入りする人をチェックする役目のはずだが、患者の家族がひっきりなしに出入りしていて、フリーパスだ。ウミウーも彼女と並んでミャンマー人のようにそこを通ると、左右に延びた渡り廊下があり、夥しい人々が病棟を行き来していたり、たむろしていた。空き地には木の棒を立て、それに紐を張って、洗濯物を干していて、風にそよいでいた。

「ウミウー、ここよ」

出入り口から右に十メートル進むと、周囲を鉄条網で囲われた、平屋の棟があった。まだ二時前なので、子どもや家族は来ておらず、網の扉を開けて中に入った。

「ウミウー、一番奥にOT室があります。けれど、私たちは何も使っていません。見てもらえますか。取りあえずおもちゃは揃えてありますが、どう使って訓練したらいいのか分かりません。もし可能なら、これから来る子どもをみてもらえると助かります」

「日本では大人の患者の訓練が中心で、子どもを専門的に訓練したことはありませんが、時々肢体不自由児の外来や筋ジストロフィーの子どもの訪問指導もしていますので、子どもへの対応には慣れていると思います。チョーザーメ（努力してみます）」

廊下を挟んで左右には二部屋ずつ訓練室があった。座位や腹臥位の訓練室、さらには電気治療や評価をする部屋もあった。その突き当たりの一番奥に、冷房の利きすぎた部屋があり、天井からつり下げて歩行訓練をする大がかりな機械が設置されていた。こんな機械をどうやったら子どもに使えるというのだろうかと、ウミウーには訝しく思われた。その部屋に入り、左手を見ると扉があり、直上には「ＯＴ室」と書かれた標識が掛かっていた。その扉を開けると、幅五メートル、奥行き十メートルほどの小さな部屋があり、低いテーブルの上に中国製と思われる様々なおもちゃの類いが積まれていた。

「見てみます」

「ではお願いします。ちょうど私の担当の子どもが来たようなので、ちょっと失礼しても良いかしら」

「どうぞ、私は三十分くらい見て片づけていますから」

彼女はＰＴの訓練室に戻っていった。積み木やプラスチックおもちゃやパズルなど、町なかで売られている安価なおもちゃばかりで、とても上肢や手指の訓練、さらには認知機能の治療に使えそうな物はなかった。それにこの部屋は普段使用していないようで、床に敷き詰められたビニール・シートは埃が積み重なり、天井からゴミのような蜘蛛の細い糸が垂れ下がっていた。

ウミウーは受付まで行くと、眼鏡をかけた、太った女性が小さな冊子を見ながらお経を唱えていた。そのエイドの女性に声をかけた。

「ミンガラバー。初めまして。日本から来たＯＴのウミウーと言います。今日は見学に来ました。一番奥のＯＴ室をちょっとだけ掃除したいので、雑巾があったら貸していただけませんか」

「サヤー、滅相もないですよ。掃除は私の仕事ですから」

「いいえ、暇ですし、拭くだけですから、気にしないでください」

「では、雑巾と水道はこちらで」

彼女は申し訳なさそうにウミウーを左手の小さな部屋に案内した。そこには洗面所があり、雑巾を干して吊るしてあったので、それを借りて部屋に戻った。

厚いビニール・シートの床は格子模様で一見素敵だったが、長らく使っていないようで、拭くと雑巾に汚れが拭き取れた。ＪＩＣＡから寄贈された子供用起立台があった。しかし、新品のままビニールが被っていて、使われた形跡はなかった。人の歩く範囲はさっと掃除を済ませ、がらくたおもちゃの整理にかかる。子どもの訓練に使用する専門の教具はなさそうだった。町の玩具屋で安価に販売されているプラスチックのおもちゃが主で、手指での把持用の、利用価値がありそうな物は少ない。兎に角、パズルや型はめなど、使えそうな物だけは仕分けして低い台の上に置き、その他すべては横の段ボールの箱にしまった。

7

二時を過ぎて子どもを抱えた母親がこの訓練棟に入ってきた。ウミウーがPT訓練室を覗くと、マ・メイ・ピョーと他の二人の若いPTたちはそれぞれの部屋で訓練を開始していた。腹這いをさせられ、泣いている子どももいた。

日本も嘗て脳性麻痺が多かったが、今は多動や自閉などの発達障害の子どもが主流となり、肢体不自由児は少なくなっている。しかし、ここミャンマーでは依然として周産期が原因で脳性麻痺になる子どもが多そうだ。アテトーゼ型よりも、うつ伏せで頭を上げたり、手を突いたりが未発達の痙直型が目に付いた。

三時半を過ぎて、子どもも少なくなってきた時、母親に抱えられた女の子がやってきた。

「ウミウー、ちょうどいいわ。この子、名前はミミソと言うの。発達が遅れ、二歳ですが、座位がやっと取れるレベルです。感覚過敏があり、手をあまり使いません。ここでは泣いてばかりいて、なかなか訓練しにくいの。OTでみていただけませんか」

「はい、いいですよ。では、お母さん、どうぞこちらへ」

そう促してOT訓練室に来てもらった。子ども用椅子に座ってもらい、色々なおもちゃを示すが、ただ首を横に振って泣くばかりだった。提示するたびに泣き叫ぶ。母親は子どもを宥め、優しく話しかけるが、頑として拒否するだけだった。

ウミウーもお手上げだ。たまたま、小さなボールを目の前に提示し、それを取って左横の箱に入れてもらうよう、実演してみせた。知らない部屋で、知らない男の人から、急に何かをやらせられ、泣いて拒んだ。頭を軽く横に振って母親に抱きつこうとする。母は笑顔で語りかけ、促すと、子どもは泣きながらでも赤いボールを右手でつかんで左方向の箱に入れた。何とか応じてくれた。思わず、

「トーデー（上手）」

「トー・ライター（何とお上手なことよ！）」

ウミウーは拍手して褒めた。今度は黄色いボールだ。これも、

「トーデー」

「トー・ライター」

次にその箱に入れた赤と黄色いボールを取って右側の筒に戻すのをウミウーが示し、子どもに同様の事を促す。子どもは渋々だったがやがて泣きやみ、課題に集中しはじめ、母親とＯＴに褒められるので、次第に面白くなったようで、微かに微笑む表情が見られた。

「サヤー、こうして遊べばいいのですね。家でもいろいろなおもちゃを手に取ったり、移したり、入れたり出したりして、試してみます」

三十分程度訓練した。ある意味では充実した訓練と言えただろう。子どもを抱いて、母親は笑顔で感謝を伝えた。

「サヤー、またサヤーのレ・チン・ガン（練習）をお願いしたいのですが、次はいつ来たら良いですか」

「私は今ヤンゴン総合病院で働いていて、今日は見学に来たので、ここで働いているわけではありません。すぐに明日というわけにもいかないので、来週もこの金曜日午後でしたら何とかなりそうです」

「それでは来週金曜日午後三時ではどうでしょうか」

「ホウケ。ＯＫです。お待ちしています」

母親は子どもを抱えて、ウミウーに手を振った。

「ミミソ、タッター（バイバイ）」

ウミウーも手を振った。子どもはぎごちなく右手を上げて、掌を自分に向けたまま、手を横に振った。

8

やがて、マ・メイ・ピョーと他の二人のPTたちも着替えて、戸締まりが始まった。ここもヤンゴン総合病院と同様四時までだ。

「ウミウー、今日はありがとう。助かりました。あの子、なかなか手を使わないで、毎度泣いてばかりで困っていました。ウミウーは子どもの扱いが上手ね。帰る時にはニコニコしていたわよ。母親は来週来ると言っていましたが、大丈夫かしら」

「何とかもう一度くらいは都合がつくと思います。今週と来週はリハビリ科の教授がインドへ出張なので、金曜日午後は研修も勉強会もありません。PTのみんなはだらだらして四時まで過ごしているだけで、人によっては午後出てこないPTもいるんです。私はちゃんと休みを申請して許可を取って、ここに来たいと思います」

「助かります。ありがとう。来週金曜日午後お待ちしています。ところで、これからどうされますか。予定は」

「今日は特別予定はありません。大体、週末の金曜日は、予定がない時、シュエ・ダゴン・パゴダ通りの交差点にあるシンガポール・レストランで、空芯菜をつまみながら生ビールを飲む、というのがお決まりのコースですが」

「では、どうかしら、私の家で夕食でも食べていきませんか。家もバスですぐですから」

「それは悪いですよ」

「そんなことないわ。うちは母と兄との三人暮らしなので、気兼ねは要りません」

「では、お言葉に甘えて、喜んで夕食をご馳走になります。ありがとうございます」

戸締まりをして、訓練棟の外に出た。雨季が近づいている。空がどんよりと曇って蒸し始めた。右手の玄関方面には行かず、通路を左手に進み、脇道から病院の西出口に出た。そこにバス停があった。

「ウミウー、バスが来たら、それに乗ります」

五分ほどで、黄色い大型バスが止まった。バスはそのまま北へ向かって進み、十分もしないうちにアーロン警察署近くのバス停に到着した。

「ここです。さあ、降りましょう」

バス停を降りてから道路の反対側に渡り、南の方向に十メートルほど戻った所を右に入った。辺りは五階建ての古い団地のような建物が何棟か並んでいる。団地の谷間を歩いていき、次の団地の左側の建物にたどり着いた。

「ここです。手すりも片側にしかありませんし、明かりもないのよ。足もとに注意してくださいね。四階まで大変でしょうけれど、我慢してください」

「いいえ、階段は慣れています。ヤバデー」

四階に着くと、彼女は扉をノックした。すると木製の扉は内側に開いて、中から母親と思われる女性が迎えてくれた。

「どうぞお入り下さい。むさ苦しい住まいで申し訳ありません。さあ、ここで履き物を脱いで、中へどうぞ」

「ありがとうございます。ではお邪魔します」

中に進むと、細長い一間の部屋に案内された。奥に炊事場やトイレ、浴室などがあるようだった。

「ウミウー、紹介します。私の兄、ウー・アウン・チョー・ウーです」

そう紹介した兄は車椅子に座っていた。上半身は普通のようでも、右足は細く、筋肉が萎縮して、膝から下がダランと伸びていた。

「兄は小さい頃にポリオに罹り、右足が不自由で、左足も力が弱いです。松葉杖を使えば外で何とか歩くことも可能ですが、日常は車椅子で生活しています。仕事はしていませんけど、絵を描いてそれをボージョー・アウン・サン・マーケットの画廊に卸していて、生活の足しにしています。一応画家かしら。でもあんまり売れないのよ」

「ミンガラバー、私は日本人で、ミャンマー語の名前はウミウーと言います。あなたの妹さんのマ・メイ・ピョーには色々助けてもらっています。今日、お会いできて光栄です」

「ミンガラバー。兄のアウン・チョー・ウーです。妹からいつも話は聞いています。今日はお会いでき、とても嬉しいです」

「さあさあ、お腹が空いたでしょう。夕ご飯にしましょう。ウミウー、どうぞ席に着いてください」

母親が彼を促して、席に案内した。既に料理がテーブルの上に並べられており、良い匂いがしている。

「たんと食べてくださいね。これはチキン、これは豚、エビも野菜炒めもあるわ。あなたの好きな空芯菜もちゃんとあります。お皿にご飯を盛って差し上げますよ。遠慮しないで、いっぱい食べてくださいね」

心のこもった夕食に、ウミウーは感謝の気持ちでいっぱいだった。

ふと横の食器棚の上を見ると、額に入った男性の写真が飾られていた。それを見ていると、マ・メイ・ピョーが説明した。

「ウミウー、あれは父親の写真です。もう亡くなって何年になるかしら。一九八八年の時、デモに参加し、亡くなりました。私が生まれて間もない頃です。だから、父の思い出は何も無いの。ヤンゴン大学の職員でした。その後、母は二人の子どもを抱えて大変苦労しました。だから、私は母と兄のために一生懸命働いてきました。あらっ、ちょっとつまらない話をしてしまいましたね。さあ、ご飯にしましょう。どんどん食べてね」

　普段家族の話などしたことがない彼女だが、父を軍に抗議するデモで亡くし、母と兄の面倒をみながらPTの仕事をしていても、弱音一つ吐かない強靭さが、この華奢な身体の中にあるとは驚きだった。新政府になって初めてこんな話ができるのだろう。もし以前の軍事政権だったら、デモに参加して銃で撃たれて死んだ、とは家族以外の、まして外国人に話すことは憚られたに違いない。今は大っぴらに政治の話をし、軍の悪口を言っても逮捕されない時代になり、ありがたく感じられた。それがまっとうな社会であり、政治だと思われた。彼はしんみりとした気持ちになりながら、彼女の瞳を見つめた。

9

　二度目のヤンゴン小児病院。二時少し前にPT棟に着いた。扉を開けて中に入ると、受付の女性が笑顔で迎えてくれた。

「サヤー、お久しぶりです。お元気ですか。今日もお越しいただき、ありがとうございます。マ・メイ・ピョーたちも中でお待ちしています。さあさあ、どうぞこちらへ」

評価室の奥がいわば休息室で、職員たちはお喋りしながら休んでいた。白衣を着た女性がいて、マ・メイ・ピョーが紹介する。

「こちらがここの小児科の医師で、ドー・ティダ・フラ先生です」

「日本のＯＴ、ウミウーと言います。よろしくお願いします。先週に引き続き、見学に来ました」

「来ていただき、とても感謝しています。どうか見学と言わずに、使っていないＯＴ室で実際に子どもの訓練をしていただけると助かります」

「私もここに来ることができて、とてもうれしく思います。出来るだけ努力してみます。よろしくお願いします」

「お茶でも飲んで少しお休みください。コーヒーがいいですか、それともミルク・ティーにしますか」

「では、ミルク・ティーをお願いします」

ミャンマーのミルク・ティーもコーヒー同様甘すぎるが、ミャンマー人はこれも大好きだ。

この訓練棟は外来が中心で、入院している子どものリハビリはＰＴが病棟に出向いて行うようで、ＰＴの一人が二時になって出て行った。

「入院の子どもの病棟は、道路向かいの、ちょうど中国大使館の右隣にあります。交替で行くようにしていて、今日はマ・キン・タン・ウー。今出かけたＰＴです。来週は私の担当です」

マ・メイ・ピョーはそう教えてくれた。そろそろ午後の子どもたちがやってくる時間となった。

「ウミウー、確か三時でしたね、先週の、あの女の子、ミミソが来るのは」

「はい、母親が三時に来ると言っていました」

「もし、その前にあなたにみてほしい子どもがいたら、連れて行きますのでよろしくね」

「いつでもいいですよ。それまで、ＯＴ室を片づけています」

そう伝えて、ウミウーはＯＴ室に行った。先週少し整理整頓したおかげで、訓練しやすくなった感じがする。兎に角、使う物は窓側の台の上に並べ、その前に座ったウミウーが右手を伸ばせば取れるようにする。ウミウーの前に子どもの椅子と訓練する机を整え、着席したら、その正面にウミウーが向き合い、座ったまますぐ訓練道具を出して、同時にすぐしまえるよう、配置と環境を機能的に設定した。あとは子どもを待つだけだ。準備ができた。

二時半、インド系の母子が入ってきた。マ・メイ・ピョーが一人の男の子を連れてきた。

「タイッ・タンという名前の男の子、二歳です。一歳までは問題なく成長していました。一歳二カ月の時、突然原因不明の高熱を出し、意識低下し四肢の運動機能障害が生じました。そのため、座ることも、喋ることも、できなくなってしまいました。首も据わらなくなり、三カ月の赤ちゃんの発達レベルもなくなってしまったの。ただ、聴覚は問題ないようなので、話しかけには何とか若干反応しますが、分かるかどうか不明です。みていただけませんか」

ややや恰幅の良い、三十代と思われる母親が子どもを抱えて、不安そうな表情でウミウーを見つめた。

早速、座位保持装置に座ってもらい、姿勢を安定させる。

「ミンガラバー、ネー・カウン・ラー（元気ですか）」

ウミウーはミャンマー語で話しかけ、反応を見る。目の焦点は定まらず、呼びかけに何の反応もない。おもちゃを目の前に示しても、視点が定まっていない。掌にウミウーの母指をあてがい、それを子が握りしめるよう手を包み込む。触覚過敏ではなさそうだが、物を握る動作ができないし、その意思も働かない。

「ナメー、ベロコダレー（名前は何て言うの）」

何の反応もない。次に床に仰向けに寝かせ、肩を持って上半身を少し起こしても、首は付いてこず、後ろに倒れたままだ。仰臥位自体での動きを見るが、自力で寝返りもしない。ウミウーが他動的に寝返りさせても、手や頭をばたつかせたり、頭を真っ直ぐに起こすことすら不可能だ。かなり重症の子どもだった。

三十分間、あらゆるおもちゃや遊具を活用し、様々な刺激を与えて、何とか反応を引き出そうと努力した。最後には若干ではあるが、表情に笑顔らしきものが見られてきたけれど、機能的には殆ど改善は見られず、ウミウーは難儀し、悪戦苦闘した。それでも母親は子を抱っこして、首の定まらない頭を支え、

「サヤーに、ありがとうと言いましょうね」

と子どもに話しかけた。子は焦点の定まらない目だったが、心持ち笑っているようにも感じられた。

「タッター」

ウミウーは最後に手を振った。今回の一度だけの訓練ではなく、何度も回を重ねて、子どもの発達を促すヒントをつかむ必要を痛切に感じた。しかし、「次」が訪れることはほぼ不可能な予感がした。心残りであった。

三時を少し過ぎて、先週の女の子、ミミソとその母親がやってきた。早速、椅子に座ってもらう。子は不安で、母親に抱きつこうと手を伸ばす。母親は「大丈夫よ」と宥めつつ、

前方の机上のおもちゃに注意を注ぐよう促す。前回と同じ、小さな赤いボールを提示し、右手で取って、左側の箱に入れるようOTが実演し、子に促す。子は少しべそをかいたものの、先週の通り、右から取って、左の箱に入れた。

「トーデー（上手！）」

ウミウーはまた褒めちぎった。表情にまだ硬さが見られるものの、少しずつ訓練に乗ってきて、提示する物を真面目に取り組むようになった。その都度、母親とウミウーは「トーデー」と褒める。二回目の訓練としてはまずまずであった。母親も子どもの元気な動作に、安堵と自信を感じたようだった。

次にはただ右左に移すだけでなく、取った駒を板に正しくはめる「型はめ」を試みた。丸い駒は丸い場所に、四角い駒は四角い場所に正確に、しかも板の向きや形に合わせて、駒を回す必要がある。その認知機能がどうか、試してみたが、間違えずに、手先を使って調節して入れることができた。認知や手先の巧緻性は上出来と言えた。

「トーデー」

ウミウーは何度も褒めた。ミミソも色々な課題に集中して、かつ努力して遂行できるたびに、おもちゃで遊ぶ楽しさを体感できるようになり、「ただ、いやいやと拒否」することから、「進んで提示される課題に挑戦」する子どもに成長していった。それを母もOT

も実感した。

「サヤー、ありがとうございます。ミミソは成長がゆっくりで、まだ立ったり、歩いたりできないのを心配し、どうしてよいか悩んでいました。こうして、ミミソなりに元気で頑張っている姿を見て、少し安堵しました。焦ることなく、この子のペースに合わせて、楽しく遊ぶことを通して、少しずつ成長してくれることを信じています。たった二回だけでしたが、感謝しきれません。また、機会がありましたら、レ・チン・ガンお願いします」

母子ともに充実した時間が過ぎた。

再び、ウミウーは「タッター」と、ミミソに手を振った。ミミソも母親に促されて手を振った。また会いたいな、とウミウーは思った。

10

次の日曜日、三度目のタンリンだ。サガーランのバス停からマ・メイ・ピョーと一緒に五十七番のバスに乗り込み、三十三番、十七番と乗り継いで、パヤー・レーのバス停に着いた。雨季が間近に近づき、空はどんよりと曇る日が多くなった。湿っぽい空気が大気中に満ち始めた。

毎度同じようにポウンジーに挨拶。

「ウミウー、良く来られましたな。大変助かります。今日も沢山の村人がやってきて、待っています。さあさあ、テーブルの果物やお菓子でも召し上がってください。お茶もすぐお出しします」

そう言うと、若い僧が先に来ていた医師と歯科医師、それに我々にお茶を出してくれた。今週は男性の医師だった。ウミウーは初対面の挨拶をする。歯科医師は先々週と同じ方で、にこやかに話しかけてくれた。

頃合いをみてポウンジーに挨拶をして、四人はクリニックに移った。内科は七、八人、歯科は三人が控え、奥のPTは三人が並んで座っていた。ウミウーはテーブルの上をきれいに拭いて、アパートから持ってきた、日本の湿布と百円ショップで買った膝と手首と指のサポーターを置いた。

「ウミウー、では始めましょうね」

「いいですよ、誰でもみます」

一番目の村人は帽子を被り、メガネをかけた老人で、木の杖を突いていた。

「じゃあ、私がみましょう」と彼女は言い、

「ではお座り下さい。どうされましたか」

「もう歳なもので、右膝が痛く、特に歩く時に大変です」

それでは、と木製のベッドの上にゴザを敷いただけの治療台に横になってもらった。彼女は持参した電池式機械を取り出し、パットを膝の痛い場所に貼り付けて、電気治療を始めた。

一方、ウミウーは二人目の女性患者をみることになった。

「どうされましたか」

「右肩が痛くて、腕を上げられません。毎日野良仕事があるので、休むわけにもいかず、かといって痛くて、無理すると辛いです」

「では、腕を真っ直ぐ前に上げてください」

彼女は水平まで、つまり九十度までぎりぎり上げたものの、顔をしかめた。

「横はどうですか」

肩外転の角度も確認する。インピンジメント（骨と骨のぶつかり）があり、六十度がやっとであった。

「次に、手が腰の後ろと、頭の後ろに届きますか、やってみて下さい」

腰の後ろは痛くて届かなかったし、首の後ろは頭を前に傾けても耳までがやっとであった。

「分かりました。ありがとうございます。ではこのベッドに上がって上向きで寝てください」

今日は村人の女性がボランティアで案内と世話役を担当してくれており、誘導や退室を介助していた。ニコニコとして、面倒見の良さそうな、太った女性だった。

肩が痛い患者に対するテクニックはウミウーがヤンゴン総合病院で行っているワザそのものであり、このやり方に絶対の自信があった。病院と同様、二十分以上かかったが、痛みも和らぎ、肩の屈曲と外転の可動域は目に見えて改善した。しかし、腰の後ろに手を持って行くのは一回の訓練では困難で、依然として痛みが残存するケースが多く、その点でウミウーは自分のワザの未熟さを痛感した。つまり、腕を前や横に上げるのはたちどころに改善するものの、手先を腰の後ろや頭の後ろに持って行くのは一回の治療ではすぐには改善することが困難であり、痛みもなかなか取れなかった。

ウミウーが難儀している間に、マ・メイ・ピョーは膝の患者を終了し、三人目の腰が痛い患者にかかっていた。とにかく彼女のＰＴは効率的だ。膝は電気治療、腰は赤外線で温める。もし肩の患者が回ってきたら、ウミウーと違って、筋肉をもみほぐしたり、ベッドに横になってもらい動かす、というような徒手的な療法はせず、首の後ろや僧帽筋を赤外線治療器で温めたあと、「肘丸体操」という家庭での自主訓練の方法を指導するのが主だ。

数はこなせるが、じっくりと取り組む方法ではない。これは他のＰＴも皆同じようだった。それでも二人で協力して頑張ると、昼前までに並んでいた村人は何とか終了した。内科と歯科はＰＴよりも少なく、先生二人は既に昼ご飯を済ませていた。

患者がいなくなり、これで終わりと思って片づけを開始したら、世話役の女性がウミウーに寄って来た。

「サヤー、私、肩が凝ってしょうがないんです。みていただけませんか」

「では、この椅子に腰掛けてください」

ウミウーはまず肩の僧帽筋を触ってみた。コチコチだ。ひどい凝りようだ。太って、なで肩の彼女は、背中全体が盛り上がっていて、肥満と猫背、それに肉体労働のせいで、肩関節の動きが制限され、運動痛も生じていた。今までの患者と同様に治療し、おまけに日本から持参した冷湿布を左右の肩に一枚ずつ貼って、

「今貼った湿布は明日になったら、剝がしてこの新たな湿布を貼ってください」

と明日の分も手渡した。おまけだ。

彼女はうれしそうにして、両手を合わせてウミウーに感謝した。

彼女の治療が終わるのを見計らって、マ・メイ・ピョーが話しかけた。

「ウミウー、手を洗ってお昼にしましょう」

「今日は腰と膝の患者が多かったですね、さぞ疲れたでしょう」

「いいえ、疲れてませんよ。大丈夫です。お腹が空いたわ。ご馳走をいただきましょう」

建物を出る時、世話役の女性が全体の片づけをしていて、二人を見ると、また手を合わせて挨拶をした。

お昼は先週と同じように、スープ、鶏肉、豚肉、野菜の炒めた物、豆を煮た物など沢山だ。例によって、若い僧が給仕役で、ご飯を皿にいっぱい盛りつけようとする。

「タミン、サーバー（ご飯食べてください）」

「ネネベ、サーメ（少しだけ食べます）」

彼女の皿にはスプーンでご飯茶碗一杯分程度盛りつけられた。ウミウーの皿には三膳分はあろうかという量が盛られた。

ポウンジーは出かけたようで、建物の中にはいなかった。男性の医師は北部の空港の方から来たと言った。

「車で市内まで送りましょう」と親切に誘ってくれたが、空港は北、市内は南、と方角が逆だったので、マ・メイ・ピョーは申し訳ないと思い、

「私たちはバスで帰りますので、大丈夫です」

と伝えた。医師は歯科医師だけを乗せて出発した。

11

二人は再び同じコースを逆戻りして、十七番バスでタンリンの市場まで行き、そこで三十三番に乗り換え、ヤンゴン市内まで行ったが、三十三番はマハ・バンデューラ大橋を渡り、左に曲がってマーチャント通りの路上で終点となった。何の変哲もない、ただの路上だった。バスから降りると、その道路をウミウーのサガーラン方面に行く五十六番のバスがちょうど着いたところだったので、走っていって飛び乗った。

空いていて二人一緒の席に座った。

「ウミウー、今日もありがとう。一緒にお茶でもどうですか」

「いいですよ。どこに行くのですか」

「シュエ・バズンの喫茶店をご存じ」

「いいえ、名前だけは知っていますが、喫茶店には入ったことはありません」

「じゃあ、バスでこのまま乗って、九番通りのバス停で降りて、そこから歩きましょう」

バスは百チャット。市内を東西に走る五十六番、五十七番、五十八番の三路線のバスはいわばヤンゴン市営バスで、すべて百チャットだった。五十六番のバスはヤンゴンの南を東西に走るマーチャント通りを真っ直ぐに西に進み、一番南を走るストランド通りに合流し、しばらく行くと九番通りのバス停に着いた。

そこからその九番通りを、「ロワー・ブロック」、「ミドル・ブロック」と十五分ほど北の方向に歩いていくと、アノーヤター通りに出た。その道路向かいに右がクッキーやパンを販売するお店、左が喫茶店のシュエ・バズンがあった。「シュエ」が金、「バズン」がエビを意味しており、いわば「金のエビ」という名前の店だ。

喫茶店内に入ると、冷房が利いていて寒いぐらいだった。運良く窓側の席が空いていて、二人は腰掛けた。

「ウミウー、何にしますか」

「コーヒーでも何でも構いませんよ。マ・メイ・ピョーと同じものにします」

「では、私に任せてもらっていいですか」

「はい、マ・メイ・ピョーが頼むものと同じものを私もお願いします」

彼女は席を立って注文しにカウンターに行った。ウミウーは窓越しに通りを眺めた。ひっきりなしに車が通っている。路上では喫茶店の客を目当てにおもちゃや文具を売っている男がいた。風船も吊るしている。どうやら子ども同伴の客を目当てにしているようだった。

「ウミウー、どうぞ」

彼女は逆三角形のガラスの容器に入った、いわばパフェのようなものを二つ持ってきた。

「どうぞ召し上がって。これ、初めてですか」

「ええ、何て言うのですか」

「これ、ファルーダと言います」

「これがファルーダですか。ミャンマー語の本に載っていましたが、見るのは初めてです。勿論、食べるのも初めて」

「食べてみて。ミャンマー人はこういう甘いのが大好きなんです。今日一日奉仕したから、たまには自分にご褒美もあげなくちゃ」

パフェのように、中にはゼリーやプリンやタピオカやバニラのアイスなどが渾然とミックスされていて、牛乳も加わっていた。濃厚でしっとりとした、超甘いデザートだった。

向かい合って座り、柄が長いスプーンで容器の底の方からゼリーやタピオカをほじくり出しながら口に運ぶと、ミャンマーの貧しさも困難さもすべて忘れて、甘美なひとときに浸ってしまう。彼女は小首を右に傾けて、ウミウーを見たまま微笑んだ。

「チョー・ラー（甘いですか）」

「テイ、チョーデー（とても甘い！）」

思わず、ウミウーは口から本音を吐露した。

彼女は笑った。

「ダベメ、サーロ、カウンデー（でも、とても美味しい）」

ウミウーは付け足した。

「ヤンゴンの人はこのシュエ・バズンが大好きです。軍事政権時代、ここの主人は全財産を没収されたそうよ。それにもめげず、頑張って、一代でこの通り、素敵なお店を作ったし、食の安全を考えた、健康に良い食べ物を提供していて、私たちはここのクッキーもパンもジャムも、ケーキもみんな好きです」

「シュエ・バズンのクッキーは私たち日本人には有名です。日本に一時帰国する時には、私たちはおみやげにここのクッキーの詰め合わせを買っていきます」

「だから、この喫茶店でみんな幸せと平和をしみじみと感じているのよ。私はここの有機栽培のコーヒーも好きで、買って家で母とよく飲むわ」

「コーヒーと言えば、東南アジアではベトナムが有名ですよね」

「でもね、このミャンマーのコーヒーもとっても美味しいわ。特にシュエ・バズンのコーヒーは香りが良く、上品でマイルドな味よ」

「それは知らなかった。今度買って飲んでみます」

「いいえ、私がウミウーにプレゼントするわ。食べ終わったら、隣の店に行きましょう」

「それは悪いですよ」

「いいのよ。私の気持ちだから。ねえ、そうさせて」

そう言って、彼女は右手をウミウーの左手の甲に置いた。温かく、柔らかな手の感触をウミウーは全身で感じて、どうしていいか戸惑いつつ、ただ頷くしかなかった。

ウミウーがすべてを美味しく平らげたあと、マ・メイ・ピョーは言った。

「さあ、行きましょうか」

彼女はさっさと立ち上がり、喫茶店の出口に向かう。

「マ・メイ・ピョー、支払いは」

「私が済ませました」

「それはない。日本では、女性と喫茶店に行けば男が払うのが普通です。私に払わせてください よ」

「いいえ、今日は私が誘ったのだから、私が払います。ここはミャンマー、日本ではありません。ミャンマーではミャンマー人がおごるものよ。私が日本に行ったら、あなたにご馳走になるわ。さあ、コーヒーを買いに行きましょう」

隣の別店舗になったお店も人が大勢訪れていた。職員の動きも規律良く、てきぱきと働いている。豊富な、そしてやや高級な、品質の良い物ばかりだ。

「ウミウー、これシュエ・バズンのコーヒー。これは今日あなたがクリニックに来て、多くの患者をみてくれたお礼です。あなたへの私のプレゼント」

ウミウーはただただ感謝するしかなかった。ウミウーの稚拙なミャンマー語では、とても気持ちを表現することが不可能だった。両手を合わせて、祈るように頭を下げた。

「じゃあ、またお会いしましょうね。マハ・ウィザヤ・ゼティのボランティアがある時には電話しますね。ウィークデイは忙しいけれど、ウィークエンドにはボランティアやタンリンのクリニックに一緒に行きましょう」

そう言い置いて、彼女はタクシーを止めて、乗り込み、アーロンへ帰っていった。口の中にはファルーダの甘い香りが残っていた。

第四章　雨季の日々

1

六月に入ると本格的に雨季に入った。しかし、ここミャンマーの雨は度が過ぎている。昼夜を問わず、空がゴロゴロ言い出すと、突然土砂降りが始まり、それが二時間くらい続き、まさに台風と同じだ。風も強く吹き荒れて、傘も差せない時がある。人々はただ雨宿りして、じっと小降りになるのを待つしかすべがなかった。

この急な豪雨で、町のちょっとした低地や道路は排水設備の不十分さもあって、すぐ溢れて冠水し、あたかも川か池のごとくに変身してしまう。当然、革靴などでは歩けず、長靴も役に立たない。一番良いのはサンダルだ。ミャンマーでは必需品と言えるだろう。ミャンマーの正装は、従って上下ロンジーと、(正装用の)フェルト地のサンダルだ。ロンジーには革靴は似合わない。

雨季になれば、田舎の道はラテライトのためどろどろになり、車のタイヤもはまってしまい、動きがとれなくなる。そのため、モバイル・クリニックは休みとなった。また、マハ・ウィザヤ・ゼティのボランティアも豪雨の中では行うことが不可能で月に一回あればいいほうで、土砂降りが続くと殆どなくなってしまった。勿論、タンリンのクリニックも道路と田舎道がどろどろではアクセス自体が困難で、雨季は田舎への移動は極端に制限されるようになった。

自然と、マ・メイ・ピョーからの誘いもボランティアも中断した。彼女はどうしているのだろうか。自宅アパートで、ウミウーは彼女からもらったシュエ・バズンのコーヒーを飲みながら、彼女への思いを馳せるのであった。

今朝も夜明け前から豪雨が始まった。ウミウーはリュックを前から肩にかけ、ロンジーを膝上までめくって、傘を前屈みにしてアパートを出た。ただ耐えるしかない。同じ姿勢で、同じ歩調で、雨の浸水していない道路の中央を選びながら、慎重に歩いた、排水溝の蓋自体が欠けていたり、隙間があったりするので、歩道の端を歩くのは危険だ。穴に足を取られてはまり、足を骨折することもこの国では日常茶飯事だ。

赴任当初、ＪＩＣＡ事務所のあるサクラ・タワーの前の道路に水たまりができ、そこに足を入れた男性が、感電して死亡した事故があった。風雨が強くなって、たこ足配線の電線が一本切れて垂れ下がり、水たまりに浸かったため、そこに足を入れた人が感電してしまったのだ。ミャンマーでは何が起こるか分からない。反対に言えば「何でも起こりうる」と言える。信じられない事が突然襲ってくる。不運としか言いようがない人生が多い。入院病棟に到着した時には傘を差していても全身びしょぬれに等しかった。ただただ自然の力に圧倒される。まさに沛然たる豪雨だ。

ロンジーの裾が湿っていても仕事は開始しなければならない。湿っぽいOT訓練室。すべてがカビくさい。特にこの時期、ダニに喰われることが毎週のようにあった。ロンジーの裾は風が入ってきて、暑い時期には涼しいが、ダニもこの裾から中へ忍び込みやすいらしく、とりわけ太ももの内側や裏側が突然かゆくなり、自宅に戻ってロンジーを脱いでみると、蚊とは明確に違った広さとふくらみと猛烈な痒みが見られ、それが一週間以上続いて、悩みの種だった。つまりは訓練室のどこかにダニが生息しているという事を意味するのだろう。日本では夏場の特に暑い時期を除いてダニに太ももが喰われることは少ないと言えるが、この地では雨季の、そしてこの訓練室の名物として、ダニが大量に出没した。

そうは言っても、うら若きPTの女性たちは、同様にロンジーを穿いていても、ボリボリと足を掻く姿を見たことはない。女性のロンジーは裾が長く、かつすぼまっているのでダニが侵入しにくいためだろうか。男性のロンジーは風通しが良い分、ダニも入って来やすいと結論づけるしかない。

また、この雨季は感染症が猛威を振るいやすいので、注意が肝心だ。とりわけ衛生状態が最悪であり、まだ免疫が出来ていないウミウーにとって、毎回素手で訓練道具や患者を触ったり、あるいは毎朝素手で雑巾がけをするので、その都度手を消毒していても手先のちょっとした傷口から感染してしまうことがしばしば見られた。ウミウーが弱点として気になるのは爪の横に傷が出来たりすると、そこから感染し「ひょうそ」になりやすいことだった。爪の横が腫れ、触っただけで猛烈に痛くなる。表面はそれほど炎症が観察されなくても、中の深いところまで膿んでウミが溜まり、医者に行って、切開してウミを出してもらったのは去年の雨季の時だった。ミャンマー人は生まれてから免疫が出来ているようで、この種の感染は見られない。結局、それほど衛生状態が悪いと言える。

朝一番、OT室にやって来たのはポウンジー。まだ三十歳くらいの若者で、僧院ではそれほど偉い身分ではなさそうでも、一応礼儀を尽くし、敬意を表して対応した。

ポウンジーは若く、一見健康そのものだったが、実際の症状は重かった。一年前から右手の指の握る力が少しずつ弱くなり、今は母指と人差し指でのつまみが困難になってきていた。更に手首を甲のほうに反らす伸展よりも、掌側に曲げる屈曲が大変になりつつあった。前腕の手指屈筋群が目で見ても顕著に萎縮していた。もう一方の左手は見かけ上は問題なさそうだったが、何となく筋力低下の傾向が始まる予感がした。それに比べて下肢は両側とも問題なく、歩くのは健常だ。若くして手先から徐々に中枢の方向に向かって、特に伸筋より屈筋のほうが著明に筋力低下と筋萎縮が進行し、病状が進んでいく疾患は何か。ウミウーは恐ろしい病気を想像し、心配になった。入院し、リハビリをしながら診察を進め、確定診断を下すことを担当医師は目指していた。

取りあえず、二週間の短期入院で、そのあとはポウンジーが住んでいる近くの僧院から外来に通院して治療を継続することになりそうだった。今回、上肢の障害ということもあり、ＯＴに訓練依頼が来たので、もし退院となれば引き続き、外来でもウミウーが担当することになるのであろうか。いずれにしても、現在のウミウーの能力の限りを尽くし、臨床における経験のすべてを注いで、ポウンジーの手先の訓練を実施した。

「ポウンジー、お住まいはどちらですか」

「ヤンゴン総合病院救急外来の道路向かいに僧院が多く集まっている区域があるでしょ。その中の一つ、マハ・フマンキン・チャウンという僧院で生活しています。ですから、ここまでものの五分もかかりません。僧院ではお勤めがありますので、それを済ましてから外来に通うつもりです。もし可能なら、その時に、引き続きサヤーにレ・チン・ガンをお願いします」

「はい、心得ました。私は毎週火曜日と木曜日の午前中に外来のＯＴにいます。その時間に来ていただけることは可能ですか」

「火曜日でも木曜日でも共に可能ですが、十一時からは僧院で食事がありますので、それまでに終わるようお願いしたいのですが」

「訓練は九時でも十時でも構いません。時間を空けておきますので、火曜日でも木曜日でもどちらでも、あるいは両日でも良いですよ。訓練時間は一時間を見越しています」

「それでは、十時ぐらいではどうでしょうか」

「はい、その時間は空けてお待ちしております」

「サヤー、よろしくお願いします」

「はい、心得ました、ポウンジー。お大事に」

聡明そうで、物静かなポウンジー。托鉢もお祈りも左右の両手を使わないとうまくいかない動作だ。今のところ、左は大丈夫だから、左手だけで大概の動作は可能だとしても、もし右手の進行を追うようにして左手も筋力が低下してくれば、日常生活は自力では困難になってしまうおそれが大きい。多くの進行性疾患や難病患者を日本の国立病院勤務中にみてきたウミウーにとって、ポウンジーの将来を考えると気持ちが重苦しくなってくるのであった。

十時。ポウンジーと入れ違いに、ウー・モー・ミンが歩いてOT室に入って来た。一週間前に脳卒中を発症したが、軽かったようで、歩行はややぎごちないが、ＰＴ訓練の結果、杖も装具も使わないで歩行が可能となった。麻痺した右上肢も手指の開閉が何とか可能で、手指も上肢も機能段階のステージは六段階のうちのⅤで、あと少し機能の回復が見込まれた。

前腕の回外と肘の伸展、それに母指と人差し指でのつまみがうまくいかない。それを集中的に訓練した。

「サヤー、主治医のティリー・アウン医師がもうそろそろ退院しても良いと言ってくれました。回復もだいぶ良いとのことで、安心しました」

「それは良かったですね。家はどちらですか」

「四十番通りのアッパー・ブロックです。退院したら、サヤー、一度家に見に来てくれませんか」

「実際に家に帰ったあと、何が不自由か、何が出来ないか、チェックしたいので、是非伺いたいと思います。退院はいつですか」

「来週の金曜日、午後二時頃です」

「分かりました。もし可能なら一緒にその時に家にお邪魔してよろしいですか」

「いいですよ。一緒にタクシーに乗って家に来てください。妻も退院の時、病院に来ますので、一緒に来てくださると助かります」

実際に家庭訪問する機会が与えられたことを、ウミウーは感謝した。

2

次の週の金曜日、午後一時四十分。ウミウーは入院リハビリ病棟に着いた。

病室のベッドは旧式で古い。さび付いた鉄製のままで、電動ベッドにはなっていないため、高さや角度の調節はできない。さらに、その鉄の骨組の上には、合板の板が敷き詰められ、そのさらに上にはゴザのようなものが載せられている場合が多かった。しかも十二床のどれも皆違っていて、一つとして同じベッドが並んでいなかった。勿論、上にはマットレスが載せられてはいるが、日本の、クッションが利いたマットレスを想像すると間違ってしまう。つまり、まるで年季物の布団の如きがマットレスであり、寝心地も良くはないため、患者によっては床ずれを発生させる危険性が大きかった。こまめに高さや角度を変えて、除圧すべき看護の基本的設備が全く整っておらず、前近代的、古色蒼然たる病棟の状況であった。これも軍事政権時代の遺産と言えた。

また、日本では病棟や病室における患者の生活に関しては看護師の仕事だが、ここミャンマーではそれを専らその家族に「やらせて」いる。看護の仕事を看護師がしていない。看護師は医師の下働きにすぎない。その程度の位置しか与えられていない。医師の御用聞きと言えるだろう。医師にお茶を出し、指示に従い薬を仕分け、それを患者家族に手渡す。看護師個人はとても優秀だったが、病院での医療システムの体系の中では低い位置に甘んじていると言えた。

当然、率先して病棟の環境を改善する「出過ぎた」行動は取れない。各ベッド間に仕切りのカーテンもなく、従ってプライバシーも皆無であった。家族たちはベッドの脇の僅かな隙間で寝起きし、場合によってはベッドの上で患者と一緒に食事をしながら、文字通り寝食を共にしていた。トイレもシャワーも着替えも食事の支度と片づけも、すべて家族の仕事であった。

ウミウーが男子の病室に入り、ウー・モー・ミンのベッドに伺うと、既に妻が来ていて、出発の準備をほぼ完了していた。あとはタクシーの到着を待つだけだった。

「サヤー、わざわざお越しいただき、ありがとうございます。色々お世話になりました。そして、家までついて来ていただくなんて、感謝に堪えません」

「いいえ、こちらこそありがとうございます。患者の退院に同行して家に訪れるのは初めてなので、楽しみにしています」

「サヤー、お世話になりました」

妻も感謝の言葉をウミウーに伝えた。

「タクシーが来たわよ」

看護師長のマ・サン・スエが病室まで来て、教えてくれる。

「さあ、出発しましょう」

ウー・モー・ミンがT字杖を突いて入口に向かう。妻が入院中に夫が使用したクッションや洗面道具・衣類などを持ちながらあとをついて行く。ウミウーが働いていた日本の国立病院では、患者が退院する時、師長や担当のPT・OT、同室の他の患者たちが玄関まで見送りに来ることが多かった。しかし、ここミャンマーではそういう情の厚い、湿っぽい人間関係は感じられない。本当に関係者の見送りがないのだ。ウミウーにとって、人と人との関係が優しいミャンマーでありながら、人と人との親密な別れの習わしや情景がないのが信じられなかった。

タクシーは門を出て、ボージョー・アウン・サン通りを真っ直ぐに東に進み、スーレー・パゴダ通り、パン・ソー・ダン通りを越えた。ちょうど四十番通りの方向に進む一方通行の道なので都合が良かった。空いていて十分もかからないうちに、老舗のエイシア・プラザ・ホテルを通過し、四十番通りの入口を右折する。この通りの両側は古い、雑然とした五階建てぐらいの集合住宅が密集していた。その中程でタクシーは止まった。

「サヤー、ここです。降りましょう」

妻がそう言った。

一階の美容室の右横に階段があった。道路からそこにたどり着くまで不連続の段差があり、片麻痺のウー・モー・ミンには退院早々の実地訓練となってしまった。妻が手を差し伸べて右手を支える。ところがそれからが大変だった。

「サヤー、この階段には手すりはあるにはありますが、さび付いています。しかも、手すりは右側にしかないんです。おまけに明かりもありません。足もとに注意しながら上ってください」

「ウー・モー・ミンも気を付けて、ゆっくり、良い方の左足から上ってくださいよ」

「はい、分かりました。でも、杖は面倒だし、不自由だな。いっそのこと、杖なしで、左手で右の手すりをつかまりながらのほうが、上りやすいですよ、サヤー」

「そうしましょう。ピエービエー、テッバー（ゆっくり、上ってください）」

麻痺した側が右側なので右手すりでは上りにくかった。階段は急で、五階まで真っ直ぐ続いている。十段上ると、二階の狭い踊り場に着き、すぐに階段に移行した。この階段と踊り場の上りを繰り返し、五階の最上階にたどり着くのに十分以上かかった。

「着きました。散らかっていますが、どうぞお入りください」

と、妻が鍵を開けて言った。

家の中は雑然として、色々な箱やら段ボールが積み重ねられ、何かの下請けのような仕事をしていることが想像された。その隙間に木製ベッドが置かれていた。細長い部屋で、あまり光も差していない。

ウー・モー・ミンはベッドの端に座り、ため息をつく。

「サヤー、ごらんの通り、階段は右手すりのみ。明かりもないので足もとが暗くてよく見えません。上りも大変ですが、何と言っても下りが怖くて心配です」

「病院でもＰＴから階段の訓練を受けたんですよね」

「はい、訓練室にある、あのオレンジ色の訓練用階段で行いましたよ。でも、あれは両側に手すりがちゃんと付いていましたし、段自体が低く、しかも七段で上り切ります。この自宅の環境とは全く違っていて、あまり役に立たなかったな」

彼は再びため息をついた。これでは自宅にこもりきりになってしまうおそれがある。

「これから仕事にも行けなくなると、妻の稼ぎだけでどうやって生活していけばいいか、不安になります」

「奥さんはどこで働いているんですか」

「妻はミンガラー・ゼー（ミンガラー・マーケット）で布の仕入れと販売の仕事をしていました。何年か前に火事があり、仮設市場で細々と仕事をしています。私はその近くの雑貨の卸の店で働いていました。嘗ては二人揃ってバスを乗り継いで通勤していましたが、こんな状態になったら、私はバスなんかには乗れませんし、毎日タクシーを使ったらお金がなくなってしまうので、タクシーも不可です。どうやって生活していったらよいやら、頭が痛いことばかりです」

「一つ一つ解決していきましょう。まず、階段の上り下りを確実にできるようにしてから、通りに出て、通りを歩けるように練習しましょう。今日は金曜日。今後、私が毎週訪問して訓練するというのはどうですか」

「そんなことは申し訳なくて頼むのも憚られます」

「大丈夫。ヤバデー。では、来週月曜日、勤務が終わったら、私は病院からここまで歩いてきます。四時半ではどうですか」

「サヤー、歩いて来る、ですって。ウェーデー（遠いです）」

「マ・ウェー・ブー（遠くないです）。ニーデー（近いです）。それまで、毎日、下肢の筋トレと室内で歩く練習をしておいて下さいね」

「分かりました。歩く練習は毎日やっておきます。ついでに、あのー、ちょっと聞きにくいことなんですが、お尋ねしてもよろしいでしょうか」

「ええ、何なりと」

「来ていただくのはありがたいのですが、おいくらお支払いすればよろしいでしょうか。一万チャットぐらいかかりますか。こんな経済状態なので十分にお支払いできそうにもありません」

「何を言うんですか。これは全くのボランティア。お金は一銭もいただきません。報酬なし、お菓子やお茶のもてなしもなしです。どうか安心して私の訓練を受けていただきたいと思います」

「サヤー、本当に感謝致します。ありがたい限りです。お言葉に甘えて、サヤーのお越しをお待ちしています」

彼と妻は、両手を合わせて、ウミウーに感謝した。また一つ、ウミウーのボランティアが増えた。

3

翌月曜日、午後四時。ウミウーはボージョー・アウン・サン通りを真っ直ぐ東に向かって歩く。午前中から雨が激しく降っていたが、四時前にはやんだ。それでもウミウーはロンジーの裾をたくし上げて、水たまりを確認しながら進む。スーレー・パゴダ通りの角にはスーレー・シャングリラ・ホテルが建っている。高級なホテルで、一泊二百ドル以上はするだろう。ＰＴたちが一生懸命一カ月働いた給料がわずか一日で費やされてしまう宿泊料だ。ウミウーには縁のない世界と言える。

そこの信号を横断して、ＪＩＣＡ事務所のあるサクラ・タワーの正面入口の真ん前に着いた。この界隈はいつも賑わっていて、横道に入ると下町的な風情が残されていた。すぐ近くにある映画館は今日もミャンマーの娯楽映画が上映されており、入口は人だかりができている。その二軒先の角には喫茶店のような、食堂のような店があるが、昼間からミャンマー製の安物のウイスキーを若者が数人で飲んでいた。昼間から酔っぱらいのいる店だ。やがて市内からヤンゴン中央駅方面に走るパン・ソー・ダン通りの高架の下に来ると、ウミウーは小さな台のような、背もたれのない低い椅子が路上に並べられているのが目についた。そこでは足の爪磨き屋さんが数人客待ちをしており、ウミウーと目があった女性が彼の顔を見て、「爪磨きますよ」と声をかけて微笑んだ。それをにこやかに受け流して道路を渡る。ウミウーも時々買い物をするルビー・マートというデパートがあり、平日にもかかわらず買い物客で賑わっていた。

三十八番通りを過ぎ、老舗のエイシア・プラザ・ホテルの入口が見えた。その前の路上で一人の中年女性が座って右手を出して物乞いをしていた。よく見ると顔・手足の至る所にイボかコブのようなふくらみがあり、神経線維腫症、別名レックリング・ハウゼン病と分かる。日本なら、福祉の制度のおかげで、車椅子も処方され、医療も十分受けられるので、自分の相貌や外観を曝して物乞いしなくても心穏やかに生活していくことが可能だ。しかし、ここミャンマーでは、障害を負ったら、その姿を、路上でありのまま曝し、物乞いして、生きていかざるを得ず、結局、人々からのお恵みに依存することになる。

とは言っても、日本と違い、そういう人たちに対して、人々は優しい。今も、若い女性が通り過ごしたと思ったら、戻ってきて、彼女に五百チャット札を手渡したばかりだ。人々は功徳の一環として貧しい人、障害を負った人に対して、自らのお金を提供し、いわば功徳を積む行いを普通の行為として日常心がけている。だから、障害者も別にすねることもなく、さげすまれることもなく、路上に座り、手を出して物乞いをして生きており、悲壮感はない。反対に言えば、人々の善行を手助けしていると考えられもする。

四十番通りに到着した。道を進んで、美容室を目指す。中程に建物が見つかった。その右側にある階段を五階までゆっくりと上った。

五階の踊り場に着いたが、左右に同じような扉があった。(確か、左だったよな。でも自信がないな）と思いながら左側の扉をノックした。中から「誰ですか」と聞くような声がした。

「チャノ、ジャパン・サヤー・バデー（私は日本の先生です）」

そう伝えると、鍵を開ける音がして扉が開いた。妻が出迎えた。

「サヤー、ようこそいらっしゃいました。どうぞお入りください」

ウー・モー・ミンがベッドの上にあぐらをかいて待っていた。

「サヤー、ありがとうございます。お茶でもどうぞ。お菓子もありますので、召し上がってください」

妻が椅子の上にお盆を置いた。その上にウエハースやエクレアのようなお菓子が載っていた。

「どうかお構いなく」

「雨が降っていて、大変でしたね。もうやみましたか」

「ええ、雨はすっかり上がりました。大丈夫です。どんよりと曇っていますが、夜まで大丈夫そうです。お菓子は訓練のあとにいただきます。早速、始めることにしましょう」

こうして、ウミウーはウー・モー・ミンの後ろに回り、両肩の筋肉をもみほぐした。やはり麻痺した右肩の筋肉が緊張している。右上肢のもみほぐしと滑らかな動きを出すための他動運動を試みた。全体的には、脳卒中者としては良好だった。しかし、利き手の右指でのつまみがうまく出来ず、つまもうとすると、母指の指節間関節が伸展せずに、かえって屈曲してしまい、特に小さな物や薄紙のような薄い物が持てない。今後、復職する場合、右手のつまみができないと、細かい手仕事には支障が出てきそうだった。だから、訓練はかなり時間がかかるだろう。日本から持ってきたお手玉が訓練道具としてとても役に立った。これは世界的にみても、ＯＴでの握りやつまみの練習には打って付けだ。手の握りの程度に合わせてつかむことができる、最良の訓練道具と言えるだろう。お手玉をつかんで、目の前にある段ボールの台の上に置く練習を繰り返したあと、彼が訴えた。

「サヤー、退院して自宅で食事しようとしたら、うまくスプーンが右手で持てず、食事もままならなかったです。どうにかなりませんか」

「入院中はどうしていたんですか」

「妻に介助して食べさせてもらっていました。一人の時は左手で、下手ですがスプーンを使って食べていました」

「左手でも構いませんよ」

「サヤー、でも何とか右手でご飯が食べたいんです」

「分かりました。ちょうど食事用自助具をリュックに入れてありますので、それで試してみましょうか」

ウミウーはそう言って、柄を曲げて、その先をスポンジ状のチューブに入れた、食事用太柄スプーンをリュックから出して彼に渡し、実際に食べてもらうことにした。

「奥さん、もしご飯がありましたら、少し大きめの茶碗に入れて持ってきてくれませんか」

「はい、お持ちしましょう」

「それに何か、お膳の代わりになる台はありませんか」

「サヤー、この段ボールの箱を逆さにして、置けばちょうどお膳の台として使えそうです」

彼は横に置いてあった空き箱をあぐらの前に移動した。

丼のような器にご飯一膳分程度入れて、妻は台所から出てきた。

「では、このスプーンの柄を握って、ご飯を掬って口に運んでみましょう。肘を横に持ち上げて、スプーンの先を口に近づけますよ」

右肘の外転がやや不十分ながら、スプーンの先を何とか口に運び、スプーンの上に載ったご飯を口の中に入れることができた。ぎごちない動きだが、動作としては可能だ。

「どうですか。美味しく食べられましたね。トーデー」

ウミウーは小児病院で子どもを褒めたミャンマー語をここで大人のウー・モー・ミンにも使った。彼はやや照れくさそうにしていたが、一人でまともにご飯を食べることができて、満足していた。

「ついでにフォークも使ってみましょう。奥さん、バナナはありますか」

「ありますよ。ではお持ちしましょう」

「適当に切って持ってきてくれますか」

妻は浅い皿に三、四センチ程度の長さに切って持ってきた。

「では、スプーンを差し替えて、このフォークの柄をこの太柄に差し込んで、使ってみてください」

今度はフォークを握って、バナナを刺して口に入れた。

「こりゃあ便利だ。簡単に刺して食べることができる」

「トーデー」

ウミウーはまた褒めた。

「ありがとうございます。自分で何とか食べられました。毎日、努力して上手に、こぼさないで食べるよう頑張って練習してみます。この道具、おいくらですか」

「ヤバデー。お金はいただきません。このチューブはミャンマーの人に使ってもらうために、日本から持ってきました。スプーンとフォークはラン・マ・ドーの市場で買って、ねじ曲げただけです。両方とも百チャットと、とても安かったです。気にしないでくださいよ。どうぞ毎日お使いください。プレゼントします」

ウミウーはそう返答した。スプーンとフォークの柄の曲がり具合がぴったりで、少しの修正も要らなかった。日本から持ってきた材料がミャンマー人の生活に生かすことができて、ウミウーは心から良かったと思った。

4

火曜日の九時。外来に「いの一番」でやって来たのは、肩の患者、ドー・ティン・ミャーだ。彼女はいつも唐草模様のロンジーを穿いている。週二回休むことなく、必ずウミウーの外来にやって来て、治療を受けた。その甲斐があり、痛みは殆ど取れ、可動域もかなり改善して、肩屈曲七十度程度は自力で可能となった。しかし、手を腰や頭の後ろに回すことは僅かしかできず、かつ痛みが伴っていた。彼女はＯＴが終わるたびに、英語で尋ねた。

「サヤー、私の肩はStill Improving?（良くなっていますか。そしてまだまだ改善する可能性がありますか）」

彼がYesと言えば、来週も引き続き訓練にやってくる言質がもらえることを意味し、訓練を続ける理由付けにもなっていた。それほど、患者はウミウーの治療を受けることを楽しみにしていた。治すというよりもＯＴに来るのが日々の生活の一部になり、かつ張り合いにもなっていた。

毎回、訓練が終了すると、マットの上に横座りして、三度ウミウーを拝んだ。慣れたとはいえ、恥ずかしいことには変わりなく、ただその「儀式」が早く終わるのを座って待つしかなかった。

彼女の訓練が終了した十時、外来の診察が終わった女性が近寄ってきた。

「サヤー、おはようございます。お久しぶりです。この間、ちょっとだけですが、みていただいた者です。それでもとても良くなりました」

「それは良かったですね」

「今、主治医の先生の診察が終わりました。先生も大分良くなりましたね、って言っていました。サヤーにお世話になったおかげです。お礼に、このロンジーを差し上げますわ。どうぞお穿きになってくださいね」

ウミウーの好きな紫色を基調に、赤の線が入ったチェックの素敵な柄だ。このロンジーは高そうな物だった。

訓練の空いた僅かな時間、肩をみて治療しただけなのに、わざわざウミウーのためにロンジーを買ってプレゼントしてくれた。彼は感謝しかなかった。両手を合わせ、祈るように彼女に頭を下げた。

十時を少し過ぎた頃、焦げ茶色の僧衣をまとった僧侶が運動療法室に入ってきて、ウミウーのOTユニットに静かに近づく。そしてウミウーを見て軽く微笑んだ。何とこの間まで入院していたポウンジーではないか。

「ネー・カウン・ラー。マトゥエ・ヤダー、チャビー（お元気ですか。お久しぶりです）」

ウミウーは両手を合わせて挨拶をした。

「何とか都合をつけてやってきました。十一時には食事があり、僧院に戻らなければなりません。それまでレ・チン・ガンしていただけますか」

「はい、今患者はいないので、大丈夫です。すぐ訓練しましょう。十時四十分過ぎには終わりにすることができるよう頑張ります」

そう言って、ウミウーは入院での訓練と同じように手を抜かず一生懸命取り組んだ。しかし、ポウンジーの右手の状況は決して改善も回復もしていなかった。それでも継続して指の動きの他動的訓練と介助による自動的訓練を行っていると、悪化や進行はしていないように感じられた。健側である左手に比べて、手の手内筋の萎縮が顕著な右手の握りは極端に制限され、手首の背屈を利用した太い物の握りは辛うじて可能なものの、母指と他の指でのつまみは殆ど不可能で、マジック付きのペグを剝がして持ち上げることはできなかった。このまま右手が使えないと、托鉢や仏門の修行もこれから大変になってくることが予想された。

ポウンジーは黙々と、ウミウーの指示に合わせて、指や手関節を動かす努力をしていて、真剣そのものであった。指先の筋萎縮が顕著なので、末梢に関心が集中しがちであるが、当然のこと、肘から前腕・手関節を超えて指先まで伸びている掌側の屈筋群が、明らかに細くなって萎縮しており、それは当然のこと、筋肉を動かしている神経そのものの機能が、あたかも溶けていくかのように衰微し衰退していることを如実に物語っていた。その兆候は現在顕著ではない左側にも微かに、かつ着実に侵襲しており、ウミウーが左手の前腕に目をやってちらっと観察するだけで、悲しいけれど事実として確認できた。

一通りの訓練が終了すると、

「では、明後日の木曜日十時にまた来ます」

と、ポウンジーはウミウーに伝え、落ち着いた所作のまま、軽く礼をして、騒がしい外来の人の波の中を、音もたてず、静かに帰っていった。

昼になり、ウミウーは絵葉書を買うために、病院から十分ほど真っ直ぐに東方向に歩いて、ボージョー・アウン・サン・マーケットに行った。そこの西側出入り口から入り、通路を東に進み、中央通路に着いた。すると、小学生くらいの子どもが走り寄り、十枚連なった絵はがきを垂らして見せた。

「絵葉書、安いよ」

子どもは何と日本語で売りつけてくる。

ウミウーはわざと日本語を使わずに、ミャンマー語だけを喋った。

「ベラウレー（いくらかい）」

「スリー・ダラー（三ドル）」

「ゼー・チーデー（高いよ）」

「ゼー・マチーブー（高くないよ）」

「チャノー、マロデバブー（私は必要ない）」

そう言うと、その男の子は、

「ツゥー・ダラー（二ドル）」

値下げした。一ドルなら買っても高くはないが、二ドルではまだ高い。目的とする絵葉書は東の出口付近の店で買う予定なので断った。

子どもは暫くついてきて「二ドル、安いよ」と日本語でしつこく売りつけてくる。しかし、ウミウーの後方から日本人か中国人の団体が入ってくるのを見て、さっとそのグループのほうに走っていった。やっと諦めたようだ。

このマーケットは迷路のような細い通路が縦横に張り巡らされている。はみ出さんばかりの土産物屋の出店を縫うようにして、目当ての絵葉書屋に着いた。以前ふらっと通った時に素敵な、そして素朴な絵葉書やカードがあって、買ったことがある店だ。日本に手紙や便りを出すにはちょうど良い。

さっきの男の子が持っていた十枚綴りの絵葉書もあり、一枚百チャット、十枚で千チャットで売られていた。レートは一ドル千二百チャットだから二ドルで売っても千四百チャットのもうけとなる。

ここのカードは素敵だ。白地の紙に絵の具でミャンマーの農村風景を描いてあり、どれも素朴で、心温まるものを感じる。封筒付きで二百チャット。いずれも手書きで気に入った。絵の素敵なのを見繕って十セット、そして写真の絵葉書十枚を買った。

帰りに普段通らない迷路の道に入り、少し散策した。中央通路の西側から南に抜ける道に出た。その一帯は油絵など絵画が展示販売されている。何気なく覗いたら車椅子の若者が店にいた。顔を見るとウミウーはびっくりした。マ・メイ・ピョーの兄のウー・アウン・チョー・ウーではないか。

「ミンガラバー」

彼は近寄ってそう言うと、車椅子の男性もびっくりしたようだった。

「ミンガラバー。ネー・カウン・ラー」

「ネー・カウン・バデー（元気です）」

「ウミウー、お久しぶりです。ここでお会いするなんて、奇遇ですね」

「ここで働いているんですか」

「いいえ、この画廊に絵を置いてもらっているんです。ご覧のように絵も沢山あるので、私の絵が売れた時に、私の収入になるんです。時々新作を持ち込んで、売ってもらっています。今日、たった今、新作を納入したばかりです」

「あなたのその新作を見せてもらえませんか」

彼は重ねて立ててある額の中から、今卸した自分の絵を見つけて出してくれた。

モンユワのような、あるいはエーヤワディー・デルタのような農村に、三台の牛車が黄昏時、家路をたどろうとしている。右横には椰子の木が一本大きく、高く伸びている。夕闇が次第に迫りつつあるが、まだ明るい田舎の景色だ。ウミウーはとても気に入った。

「この絵、とても素敵だなー。ウー・アウン・チョー・ウー、是非、売ってください。言い値で買いますよ。ベラウレー」

「値段はあってもなきがごとしです。ウミウーならただで差し上げます」

「ノー。そうはいかないでしょ。私に買わせてください」

「では、五十ドルではどうですか」

「それは安すぎます」

「私には十分すぎる値段です」

「五十ドルは安すぎる！　では百ドルではどうですか」

「そんな高すぎる価格では、申し訳ないです。買っていただくだけで十分ですので」

「と言っても、油絵の具代もかかるし、百ドルでも安いと私は思います」

「五十ドルでお願いしますよ。それ以上は受け取れません」

「これは二百ドルでも安いくらいの作品だと私は思います。百ドルでも申し訳ない気持ちです。どうかお兄さん、五十ドルなんて言わないで、私の心ばかりの気持ちなので、お願いします」

　そう、彼に伝えると、彼は分かってくれたようだった。優しく頷き、両手を合わせて、ウミウーに頭を下げた。

　彼は店の主人に伝え、店員が新聞紙で包装してくれた。店の取り分もあるだろうから、実際に彼の手にいくら渡るのかは分からなかった。それに額や絵の具代もかかるので、実質的に彼の手に残る収入はたかが知れた額かもしれない。それでも自信を持って描いた絵に買い手が付いたことを素直にうれしく思っているふうだった。

「妹にも伝えておきます。ウミウーが私の絵を気に入って買ってくれたと」

「妹さんにはとても感謝しています。モバイル・クリニックにも、僧院クリニックにも連れて行ってもらい、多くの経験をさせてもらいました。ミャンマーの本当の姿を知ることもでき、学ぶことが多かったです」

「また、うちに遊びに来てください」

「ありがとうございます。これから二時に午後の仕事が開始されますので、これで失礼します」

ウミウーはそう言いながら、紐で縛って持ち手のついた油絵を抱えて、ボージョー・アウン・サン通りを西へ、ヤンゴン総合病院の入院リハビリ病棟に向かって歩いていった。

「油絵を買うなんて、何と心豊かな昼休みだったことか。今日はラッキー、そしてハッピー」

ウミウーは思わず独り言を言った。

5

アノーヤター通りを西に歩いて、十二番通りを南に入る。「ミドル・ブロック」だ。道の左右とも七、八階建ての古い集合住宅が続いていて、電柱には無造作にタコ足配線の電線が絡み合って密集していた。建物の前の排水路の蓋は不揃いで凸凹なため、歩きにくく危険である。また、道自体は三車線の幅はあるが、両側の住民は自分の車を家の前の路上に駐車していて、実質的な通行幅は一車線分だけだ。それ故、人々は絶えず後ろを気にしながら中央を歩くしかなかった。

この通りの出口はマハ・バンデューラ通りで、その十五メートルほど手前の左側に、携帯電話のショップがあった。その店の右横の薄暗い階段を二階まで上る。階段は例によって明かりは全くなく、さび付いた手すりが階段の左側についていた。二階にはドー・ナン・タウンの住まいがあった。

ドアをノックすると、暫くして人が近づいた気配がした。

「日本のサヤーです」

と、声をかけた。鍵をガチャガチャする音がして、恐る恐る扉が開いた。三十代の娘がウミウーを確認して微笑む。

「どうぞ、お入り下さい。わざわざ来ていただき、ありがとうございます」

ウミウーは履き物を脱ぎ、住居に入る。古い集合住宅はどれも同じで、ウナギの寝床だ。長い居間のような部屋と奥に台所・トイレなどが固まってある。ドー・ナン・タウンはその居間に置かれた、一人用のベッドの上に足を伸ばして座っていた。

「サヤー、こんにちは。来ていただき、ありがとうございます」

「お元気ですか」

「何とか生活しております」

か細い声でそう話すと、横から娘が口を挟んだ。

「一日中、ベッドに座ったまま、テレビを見ているだけで何もしていないですよ。食べるだけですから、すっかり太ってしまって」

娘の言葉に、ドー・ナン・タウンは申し訳なさそうに下を向き、恥ずかしげな表情で少し笑った。

ドー・ナン・タウンは左片麻痺。先週までヤンゴン総合病院に入院していたウミウーの担当患者だ。患側の左手はほぼ廃用手で、手も指も殆ど動かない。左足は辛うじて僅かながら動かすことができ、装具なしでも歩くことは可能だが、脳卒中後遺症による左側への不注意もあり、介助しないと転倒の危険性が高い。入院中に、家庭でできる自主訓練の方法を教えたものの、あまり熱心ではなく、家に帰ったらまず何もしないことが危惧された。住んでいた家は遠く、最北部のカチン州、ミッチーナーから汽車で一時間も行った田舎の村にあった。既に夫は死亡していておらず、働きに出ている娘がこのヤンゴンに住んでいることもあり、脳卒中を発症したあと、早い時期にミッチーナーからヤンゴンに移ってきて、リハビリ病棟に入院して治療と訓練を続けてきた。ＰＴ訓練のおかげで、歩行もＴ字杖を使えば可能となり、退院となったが、さすがに郷里の田舎では不自由な体で生活ができず、幸い、ヤンゴン総合病院の近くに住んでいた娘の所に移り住むことになった。

しかし、娘の住む家に退院して、ベッドに座ったら、そのまま何もしないで一日を過ごしていたので、ウミウーは自主的に訪問リハビリを買って出たのだった。かくして、夕方四時に仕事を終えてから、歩いて二十分、十二番通りの元患者の所にやって来た。

思った通り、両手を組んでの上肢の訓練も、杖での歩行訓練も怠けてしまい、患側の筋緊張は亢進し、手や指の拘縮も現れ始めていた。手先も足もやや浮腫んでいた。

取りあえず、ベッドから床に足を付けて端座位を取り、入院中と同じ上肢の訓練を軽く実施したあと、その姿勢から立つ練習を開始した。心配した通り、自力では健側である右足だけに体重がかかって、左足には殆ど加重されず、かつ左足関節が底屈して突っ張り、内側に寄ってきてしまい、踵が浮いて足底面が小さくなって安定が悪くなるとともに、体が右に傾いてしまった。まず、立ち上がりと、立位保持の練習を繰り返して実施した。兎に角、左右の足に均等に体重をかけて立位を取る必要がある。左足が浮いて内側に寄ってくるのをウミウーが防ぎ、娘が右足の位置が動かないよう支えて、底面積を広く保持したまま、前屈みで立ち上がりつつ、次第に背筋を伸ばし、立位を十秒間保持する訓練を実施した。二人がかりだ。

これを繰り返して十回行ったところ、何とか立ち上がり方が改善した。もはやＰＴとかＯＴとかの区別はなかった。訪問リハビリではＯＴのウミウーでもＰＴ訓練はやらざるを得なかった。

次に、部屋の入口の隅から奥の窓側までの往復の歩行練習に移る。両端に背もたれ椅子を置いて、ウミウーは指示した。

「この椅子からあの椅子まで歩きましょう」

歩くたびにバランスを崩しやすいので注意が肝心だ。入口の椅子まで二人がかりで介助して歩いて移動し、座らせる。

「ドー・ナン・タウン、いいですか。まず立ち上がりますよ。そして、『ティッ（１）』で右手の杖を出します。次に『フニッ（２）』で左足、そして『トウン（３）』で右足を出します。この繰り返しです。私も一緒に声を出しますから、ドー・ナン・タウンも大きな声を出しながら歩いてください。では、始めます」

「はい、立ち上がって」

患側の左側をウミウーが介助して、ドー・ナン・タウンは何とか両足に均等に力を入れて立ちあがった。

「それでは始めますよ。いいですか」

「ティッ」

彼女は右手で保持していた杖を右足の前方十五センチの所に出した。

「フニッ」

患側の左足を何とか前に出そうとするが、内側、つまり右足方向に寄ってしまう。ウミウーが自分の右足で彼女の足の内側を外の方に誘導し、真っ直ぐ前方に向いて、足の裏全体が接地するよう修正した。

「トウン」

右足を前に出す。

「トーデー」

ウミウーは褒めた。

「いいですか、その調子です。さあ、繰り返して、はい、杖を出して」

「ティッ」

「フニッ」

「トウン」

いちいち指示が必要だ。毎度左足の介助も欠かせない。歩調と声かけをリズミカルに、繰り返して行い、少しずつ進んだ。患者とウミウーは一緒に声を出しながら歩いた。なかなかリズミカルに杖と左右の足が交互に出ない。その都度、ウミウーはゆっくりと、

「ニャベッ（右側）」

「ベベッ（左側）」

と大きな声をかけて、注意を促した。さらには左右の足が前に出す歩幅が毎度一定しないでバラバラだ。大きく足を出すよう、一歩ごとに声かけが必要だ。

一往復するだけで体力の限界だった。第一回からスパルタ訓練は無理だと判断して、一往復だけで今日は終了することにした。

「モーラー（疲れましたか）」

「モーデー（疲れました）」

ドー・ナン・タウンは正直に本音を吐露した。

最後にこの椅子からベッドまで歩いて戻るのがまだ残っているので、ドー・ナン・タウ

ンはもうちょっと頑張らねばならず、へとへと気味だったが、ウミウーの熱意に応えるべく、最後の力を振り絞って、ベッドまでの三メートルを頑張って歩いた。

やっとベッドに端座位で腰掛けた。ドー・ナン・タウンはよろよろだった。あとは自分でベッドに上がり長座位になり、ほっとしたようだが、苦虫をかみしめるような表情をしている。体力がなく、疲れが見て取れた。普段から口数が少ないカチン人で、あまり冗談もお世辞も言わなかった。それでも、彼に気を遣う。

「サヤー、ありがとうございます。自分でも、毎日歩く練習をします。タミー（娘よ）、サヤーに飲み物をお出ししてあげて」

そう言うと、娘は台所に行って、ウミウーが来る前に準備したであろうイチゴ・ジュースを冷蔵庫から出して、テーブルの上に置いた。わざわざ買ってきたイチゴを、ミキサーで搾って作ったフレッシュ・ジュースだった。

「申し訳ないです。私は全くのボランティアで来ているので、レ・チン・ガンが終わったら、すぐに帰りますから、今後はどうか何もお構いなくお願いします」

「はい、分かりました」と娘が言った。

「それと、私の目標をお伝えしておきます。とにかく、ベッドに座ったきりにならずに、室内と屋外を歩けるようにしたいです。最低限、部屋の中を自分で歩けるようになること、さらにこの二階の部屋から一階に下って、この十二番通りに出て、通りを一人で歩くのが最終目標です。勿論、娘さんの介助や見守りのもとですが、何とか介助付きでも歩くことを当面の目標にしたいと思います。来週も来ますから、歩く練習を続けましょう」

そう言って、イチゴ・ジュースを飲み干した。冷えていてうまかった。

「サーロ、カウンデー（美味しい）」

このように訪問する機会を与えてくれたことや、わざわざジュースを出してくれたことに感謝の気持ちがいっぱいだった。ウミウーはドー・ナン・タウンと娘に手を合わせた。

二階から下って、十二番通りの路上に出た。雨季もそろそろ終わりに近づき、薄日の差す夕方だった。アノーヤター通りに出ると、向かいの角にはミンガラー・シネマという映画館が眺められた。ミャンマーのコメディー映画が上映されていた。

6

十一月の満月の日が近づいた。

十三夜の晩、ウミウーがＪＩＣＡに提出するレポートをパソコンで作成していると、携帯電話が鳴った。

「ハロー」

ウミウーが英語で応じる。

「ハーワーユー、ウミウー。私、メイ・ピョーです。久しぶり。お元気ですか」

「久しぶりです。頑張って働いています。タンリンのクリニックにも毎週行きたいのですが、このところ日曜日は用事があったりで、ご無沙汰して、ヤーピャーニー僧には申し訳なく思っています」

「ヤバデー。大丈夫、私が何とか都合を付けて訪問しています。ところで、明後日の夜、お暇ですか」

「明後日はシュエ・ニャウン・ピンの訪問リハビリがあり、終わるのが五時半ぐらいですが、何か」

「シュエ・ニャウン・ピンですか、ちょうど良いわ。そこからシュエ・ダゴン・パゴダまでそれほど遠くないでしょ。マハー・ウィザヤ・ゼティのお花を飾る私たちのグループが、明後日の夜、シュエ・ダゴン・パゴダに集まって、満月のお参りをします。是非、一緒にお参りしませんか」

「それは良かった。良い機会です。何時に集合ですか」

「夜の七時頃です」

「では、訪問リハビリを終えて、近くの食堂で夕食を食べてから伺います。シュエ・ダゴンの境内は広いから、なかなか見つからないと困るなあ。何か目印や集合場所はありませんか」

「それでは東参道を上って一番上の拝観料を払う検問所の所でどうでしょうか」

「分かりました。場所は分かります。楽しみにしています」

「それでは、明後日、夜七時に」

ウミウーはベランダに出て、向かいの集合住宅の屋上の遥か上に上がった十三夜の大きな月を眺めた。

そして火曜日夕方、七時十分前。

シュエ・ダゴン・パゴダの東参道のなだらかな上りの道を歩きながら、ウミウーは少しずつ黄昏れていく空を背景にした、輝くばかりの仏塔を仰ぎ見た。シュエ・ダゴン・パゴダは夜間照明が点され、文字通り黄金の光に包まれていた。

参道は履き物を脱ぐ場所から先が屋根がついていて、中は風が下から上方の仏塔に向けて吹いていている。階段の両側には仏具や子ども向けおもちゃなどを売る土産物屋が所狭しと並んでいて、見る者を飽きさせない。外が蒸れていても中は風が通り、涼しく感じられた。

ウミウーはサンダルを片手で持って、ゆっくりと、しかもロンジーをあたかもミャンマー人のように翻しながら上を目指した。

　このシュエ・ダゴン・パゴダはミャンマー人は無料でも、外国人には一律八千チャット（約七ドル）を、「拝観料」として徴収している。この財源を基にパゴダの清掃や維持管理に充当する功徳だと思えば納得するものの、ただ一回きりの外国人の観光旅行ならそれでもいいが、ここで暮らし、ここで働いて、さらにはここで消費税も払っている身には、毎度八千チャット払うのは納得できなかった。それで彼は絶えずロンジーを穿いて、可能な限りミャンマー人と同じ格好と仕草で、一番上の検問所を自然な態度で通過していた。そうすると、検問所で呼び止められることもなくパスできた。欧米の観光客はTシャツに短パンが多く、また顔つきでも外国人とわかるので、すぐ識別でき、拝観料を徴収され、胸にシールを貼られた。

　その検問所を自然に通ると一番上の平らな場所に出た。その正面に彼女が立っていた。白いブラウスと焦げ茶色のロンジー。肩にはその焦げ茶色と同じ色の布を袈裟に掛けている。多くの仏教徒が着る服装だ。彼を見つけ、近づいてきた。

「ウミウー、今晩は」

「マ・メイ・ピョー、お久しぶりです。長く待ちましたか」

「いいえ、さっき来たばかりです」

「ほかの皆さんはどうしていますか」

「皆は既に集まってお参りを始めています。さあ、一緒に行きましょう」

そう言って、彼女はウミウーの左手の手首を握り、左方向に促した。ウミウーが横に立って並行して歩き始めると、彼女は手を離した。そして、前方を指さす。

「ほら、あそこです。まとまって座って、ロウソクの火を点して今祈るところです。さあ、横に一緒に座りましょう」

ウミウーは彼女と一緒に隅に座ると、見慣れたグループの友人たちが、顔を向けて微笑んだ。ちょうど仏塔の上に満月が昇っていた。遮る物のない、夕闇の天空に、燦然と輝くパゴダ。多くの団体、夥しい民衆が祈り、歩き、拝み、手を合わせている。それぞれの読経が響き合い、共鳴し、こだまを交わし、ロウソクの火が揺らめき、線香の煙がたなびき、人々のすり足の音、ロンジーの衣擦れの余韻、様々な光が交錯し、全体が一つとなって、雨安居明けの満月の喜びに包まれていた。

その中に浸かると、ウミウーも自然と神々しい何かと渾然と一体となり、精神が仏塔の方に昇華し浮揚するかのように感じられるのだった。仏塔の頂に向かって、そして遙かな仏陀に向かって体が昇っていくような不思議な感覚が全身を包んだ。それは隣に座って必死に祈る一人の女性を愛することを通して、さらに超越した、生命そのものと一体となるような陶酔感だった。

命は生き、命は巡り、命は循環し、命は輪廻する。命はパゴダに溢れ、この民衆の大きな生命体となって調和する。共鳴し共和する生そのものは、やがて祈る人々全体の中に満ちあふれ、彼の心の中に染みこんできた。すると、喧噪の中でも、読経の陶酔の中でも、この心に平安が訪れ、心が命に満たされているのを感じた。パゴダにいるすべての人々の祈りが共鳴し調和し振動し一体化している。

生きることの大いなる河の流れに漂いながらも、その大河の流れゆく宇宙なるものに向かって昇華しているような気分だった。人々の祈る声がいつまでも続いている。

第五章　バダウッの花

1

乾季になった。満月を境に、空が澄み渡り、涼気がヤンゴンにも満ちてきた。爽やかな早朝、ウミウーは五時に起きてジョギングを始めた。アノーヤター通りはタクシーが僅かに走る程度で、まだ人通りは殆どなく、静まりかえっている。それでも道路脇の多くの屋台は今仕込みの真っ最中で、薄暗闇の中、早朝出勤する人を目当てに開店の準備で忙しい。

ポウンジー通りから左のボージョー・アウン・サン通りに曲がり、看護大学の前を走る。この向かいの広大な空き地はこれから開発されるようで、周囲を塀で囲ってあるが、まだ工事が始まっておらず、更地のまま雑草が生い茂っていて、開いた扉の中には野良犬が何匹も住み着いていた。朝方そこから外の道路に数匹が出てきて、エサを探し始める。その一群とかち合うと、ジョギングをやめて歩くようにしている。犬たちは走っている人間を見つけると吠えだし、それに呼応して他の犬たちも「何だ、何だ」というふうに共鳴して群をなすと、人間を物ともせず吠え立てて追いかけてくるからだ。それが集団の野良犬の恐ろしさでもある。何よりもミャンマーは狂犬病の多発地帯で、年間何十人も噛まれて死んでいるという。野良犬は避けるのが賢明だ。幸い、今朝はいなかったので安心して走った。

五分ほど西に向かって真っ直ぐに走り、ワー・ダン通りを左に曲がって一気に下り、南端のヤンゴン川の渡し場に着いた。向かいの岸から渡し舟が何艘もやってくる。川の流れが速く、舟は斜め上流に向かって進むと、ちょうど真っ直ぐに対岸に着くことができるようだった。最後は舟のエンジンとスクリューを小刻みに操作しながら、方向を調節してこちら側に接岸する。小波が繰り返し打ち付けた。小さな突堤に着くと、乗っていた人々は先を争うようにして降りて、階段を上がってランティット埠頭の広い道に到達する。皆早足でカンナーランに待機するバスに乗り、ヤンゴン市内の働き場所に向かっていった。多くの人が行き来するこの埠頭の周辺には市場ができている。

最近、ウミウーはジョギングがてら、トマトやオクラなどの野菜をここで買い、ついでに屋台でモヒンガーを食べていくことが多くなった。今朝もその屋台では夫らしき男性が丼の洗い物をして、三十歳くらいの妻とおぼしき女性が客の注文を聞いている。ここのモヒンガーは平均的な味付けだが、モヒンガーに必ず、小さなタマネギを入れてくれ、全部食べ終わると、女性はウミウーに尋ねた。

「ヒンは（汁のお代わりは）」

「少しください。ありがとう」

「遠慮しないでね」

最初の麺と汁を平らげたあと、サービスで汁のお代わりが出来るのが気に入った。しかも、客が要求する前に、女性の方から聞いてくるので、その親切なもてなしがうれしかった。

さらには、一般的に相場はブーディージョー入りで五百チャットなのに、この店は四百チャットと激安でありがたかった。味は十六番通りの親父の店が最高だが、全体としてのサービスはこの店の方が上回った。女性もウミウーが何度も顔を出すと覚えていて、買い物しながら屋台に近づけば目ざとく見つけ、すぐ椅子を勧めた。

「何にしますか」

と笑顔で応対してくれた。客商売の巧みさに感心するのではなく、人間としての優しさに感動するのであった。

ウミウーは左手に二百チャットで買ったトマトと五百チャットで買ったオクラのビニール袋を持って、再び軽いジョギングをしながら、アパートに戻った。

今日は土曜日。十時からマハ・ウィザヤ・ゼティでボランティアがあった。またマ・メイ・ピョーから誘われ、二つ返事でOKした。

赴任して一年半の間に担当した院内、外来の患者やその家族から、ロンジーをプレゼントされ、それらを洗濯干しに吊るしてあり、毎朝、上のシャツやポロシャツに合う色柄を決めるのに時間がかかった。その取り合わせが難しい。基本的には上が白を基調として明るいチェックのワイシャツにし、ロンジーはそのチェックの色と同色か補色の関係にある縞柄のロンジーを考えるのだが、選択に五分から十分かかることが多い。さらにはロンジーの穿き方も一回でうまくいくことがない。輪になった布の中に入り、両端をつまんで両手を広げ、正面の腹側の布を少し、ないしかなり両端より上部に上げて、一気に左手を右腰に、さらに右手を左腰にギュッと回してねじ曲げる。ミャンマー人は歩きながらでも一、二、三、と三拍子で結んでいく。彼らは使い込んだロンジーの布なので体にしっくりと合い、いつも一回でうまく穿いていた。しかし、慣れないウミウーにはそれはぎこちない動作と手つきだった。だから、出がけに、一発で決まることのほうが少なく、平均で三、四回繰り返して、やっと腹の据わった、安定した穿き心地になるのだった。しかし、一旦しっかりと決まると、午前中いっぱいは緩まず、ずり落ちず、腹に力が入って動きやすかった。今日は元患者からいただいた紺の線の入ったチェックのワイシャツに、同系色の青い縞柄の紫のロンジーで決めた。

いつものように十一番バスに乗って、シュエ・ダゴン・パゴダ南参道前のバス停に到着。すでに作業は開始されていた。

今日の花は白い菊だった。届いた花束を床に広げて、下のほうの葉を落とし、茎を切って、長さを調節している。マ・メイ・ピョーは調節された菊を花瓶に差し入れて上部が広がるよう整えていた。女性陣はその飾り付けに忙しい。三十代の男性と中学生くらいの男の子はそれらを床に並べていく。

「ウミウー、その出来た花の束をいただきます。こちらへ渡してくださいな」

「分かりました。でも、この菊もきれいですね」

「これは、彼女、マ・フラ・ウィンの誕生日の寄進です。あなた、彼女をご存じでしょ。ヤンゴン総合病院でウミウーと一緒に働いているPTですもの」

そう言って、その女性を指さすと、そのPTはウミウーを見て、微笑んだ。いつも入院部門で副主任として真面目に働いている、恰幅の良い、大柄な女性だ。でも、今日はおしとやかに、うれしそうに佇んでいた。

「マ・フラ・ウィン、おはようございます。今日のこの菊、とても素敵ですね」

「ありがとう、ウミウー。仏教徒としてお花をこのパゴダに寄進することができて、この上もなく光栄です」

「私も心からお祝いいたします。一緒に菊の飾り付けを手伝わせてください」

「こちらこそ、ありがとう。感謝します」

いつものようにすべての飾り付けが終了した。晴れやかな気分だった。

「ウミウー、今日はもう一カ所行く所があります。タクシーを呼びましたから分散して乗り込みましょう」

「どこに行くんですか」

「近くのインドーヤー・パゴダというお寺です。さあ、今来た二台のタクシーに一緒に乗り込みますよ」

マ・メイ・ピョーが助手席のドアを開けて、彼に座るよう勧めた。あとの面々は分散してトヨタのプロボックスの後部座席ばかりでなく、後ろのボンネットを上げて、そこに男女四、五名が乗り込んであぐらを掻いたり横座りして、全員が何とかタクシーに収まってしまった。本当にトヨタのプロボックスは便利だ。このミャンマーでは交通法規も定員オーバーもありはしない。乗客が多くても、乗れるだけ、詰め込めるだけ乗ってしまう。それが合理的と考えている。だから、プロボックスはミャンマーでは大人数のグループや大量の荷物を抱えた民衆にとって、打って付けの車として人気が高い。彼は自分だけ広いスペースの助手席に腰掛けさせてもらい、申し訳なく感じた。

車はあみだくじのように西に行っては南北に走る道を南に下り、また西に行っては南北に走る通りを北に上ってと繰り返して、シュエ・ダゴン・パゴダ通りから何本か西の道に出た。どうやらそれはミョーマ・チャウン通りのようだが、確信がない。とある門に入ると、奥行きは想像以上に深く、立派なパゴダが目の前に現れた。

観光名所ではないせいか、土地の人だけが参拝に訪れていて、喧噪もなく、物売りも少なかった。マハ・ウィザヤ・ゼティほど有名ではないようだが、威風堂々として、青空のもと、尖塔が絢爛に輝いていた。静寂が辺りを支配している。

さっそく皆は飾られた花瓶を回収し、しおれた花を捨てて洗い、同じく菊の花を揃えて差し込み、水を満たして、同様に寄進したマ・フラ・ウィンを中心に写真を撮った。日差しが強い。マ・メイ・ピョーがベトナムのノンという菅笠に似た笠をウミウーに貸してくれた。それを被って、花瓶を大きなリヤカーに全部載せて、みんなで引いていく。仏塔の周りを回りながら、東西南北八カ所に置いていく。西はウミウーのネズミの方角だ。ウミウーは花瓶を一つ取って木曜木星のネズミの位置に菊を飾った。

これまではマハ・ウィザヤ・ゼティの北門の下でモヒンガーを振る舞われることが多かったが、手間暇かかり片づけも大変だったので、今日はみんなでどこかに食べに行くことになったようだ。今度も二台のタクシーに分乗し、ピー・フタウン・スー・イェックター通り、つまりヤンゴン小児病院に行く時にバスから降りたハルピン・ホテルの交差点を東に行ったミャンマーレストラン「フィール」という店にほどなく到着した。

店は昼過ぎで混んでいたが、何とか道路に面したテーブルに席を確保できた。

「ウミウー、何を食べましょうか。ここは大衆的ですが、様々なミャンマー料理が味わえます。デザートもあるわ。一緒に中に見に行きましょう」

彼女はウミウーを促しておかずや料理の並べられた場所に行った。

「私はやはりモヒンガーがいいです」

「では、モヒンガー・ブーディージョーで良かったかしら」

「はい、それで十分です」

「タミン・ジョー（焼きめし）は」

「いいえ、そんなに食べたら太ってしまいます」

「遠慮しないでね、これは私たちのグループのおごりです」

それから表に近い場所に屋台のようにして陳列されている、様々なデザートやミャンマーのスイーツの所に導き、

「スイーツも色々ありますよ。ウミウーはどれが好きかしら」

「色々あって迷ってしまうな。では、このココナッツ・ミルクのゼリーにします」

「それでは注文しますから席に戻っていてね」

ウミウーは先に席に戻った。

家族連れや友人たちのグループなど、楽しそうに会食している。平和そのものの風景だ。この「フィール」は品数も多く、典型的なミャンマー料理が安価で楽しむことができた。市内にもボージョー・アウン・サン通りのビルの三階にもあり、そこも賑わっている。

次から次と料理が運ばれてきた。多くの人は麺料理を注文した。モヒンガーが多かったが、汁なしでやや油っこいナンジー・トウッやココナッツ・ミルク入りのオウンノー・カウッスウェも何人かいた。マ・メイ・ピョーはシャン・カウッスウェだ。シャン州由来の麺料理で、汁なし麺で、辛くなくあっさりとしている。これもヤンゴンでは人気の料理だ。量が多くなく、女性には打って付けの麺と言える。この麺は納豆のように箸でグルグルとかき回してタレと香辛料を絡めて食べる。タミン・ジョーの人もいた。これは男性の注文だ。

各人に注文した料理が運ばれた。世話役の女性が音頭を取り、今日の日の功徳を確認して、手を合わせて感謝の合掌をした。

西日が輝いている夕方はまだ明るく、空は真っ青として澄み渡っていた。隣にはマ・メイ・ピョーがいる。彼女は彼を見つめ、頷き、微笑んだ。肩に掛かった黒髪が風に揺れた。これ以上の幸せも、これ以上の感謝も、そしてこれ以上の功徳も、この世に存在しないように思われた。モヒンガーの混沌としたスープをレンゲで掬いながら、彼は今日一日が満ち足りた日だったと感謝せずにはいられなかった。

しかし、今というこのひとときに浸りながらも、それが決して永遠に続くことがないのを感じていた。隣のマ・メイ・ピョーと一緒に過ごすのもいつまでだろうか。「フィール」の喧噪の中で、幸せに浸かっているのが怖かった。

2

二週間後、マ・メイ・ピョーからモバイル・クリニックの声がかかった。彼女と共に未知のミャンマーを旅するのは心を躍らせるほど楽しかった。そして、ヤンゴン市内のみでなく、広くミャンマーの大地に暮らす多くの民衆、特に障害者に接し、少しでも手助けすることが、無上の喜びに感じられるのだった。

夜八時、ポウンジー通りのバス停から三十七番のバスに乗ってピー・ランを北上、フレーダンのバス停で降り、そこからフレーダン通りを西の方に歩いて二十分、ヤンゴン整形外科病院に着いた。八時半集合だが、早く来た人は、古い木造の集会所のような平屋の建物の中に入り、お茶やコーヒーを飲んで待機していた。ウミウーが到着すると、なじみの医師や幹部が中へ誘導してくれた。

「ウミウー、今晩は。よく来てくれました。さあさあ、お茶でもどうですか。それともコーヒーにしますか」

「では、お茶をお願いします。夜ともなると乾季でも涼しいですね」

「そうよ、みんなセーターや暖かい上着を羽織っているでしょ。ウミウーは寒くはないかしら」

「ええ、ジャンパーを着ていますから、大丈夫です」

しばらく座っていると、皆は忙しく薬の入った段ボールをバスに運んでいた。マ・メイ・ピョーとあと二人のPTもやって来た。三人に軽く会釈をする。

「ウミウー、今晩は。また一緒できてうれしいわ。この二人、前にモンユワのモバイル・クリニックで一緒だったので、覚えているでしょ」

「ネー・カウン・ラー」

「ネー・カウン・バデー」

一人はマ・ポ・ポ・ピュー、私立の病院で働いていて、中国系のミャンマー人だ。もう一人はマ・ユー・ユー・スウェ、ヤンゴン整形外科病院のＰＴで、どちらも一緒にモバイル・クリニックに参加したことがあった。

「また、一緒になりましたね。お元気ですか。今回もよろしくお願いします」

知っている人たちと一緒で心強かった。バスは九時十五分、夜のヤンゴンを出発した。

今回はマグウェーという町の郊外だ。前回の「ザガイン管区」のモンユワに比べると、遥かに南の「マグウェー管区」にある町だった。それでも現地に着いたのは午後になってしまった。

バスはモンユワの時と同様、幹線道路の途中で停車した。市場が近くにあった。今回もフェリーに乗り換えて脇道を行くのだろうか。しばらく待つ間、時間があったので、ウミウーは女性陣と共に市場に入り見物した。土地の産物なのか、タナカーを擦る石盤が重ねて売られており、その横では椰子の葉で編んだ帽子が色々飾られていた。

「この帽子、リボンがかわいくて素敵」

「一つ買っていこうかしら」

女性陣が品定めしていると、店の女性が言った。

「顎紐のリボンはいろんな色があります。お好みの色で紐をお作りします。リボンを付けてお値段は千チャット（百円）です。安いですよ」

ちょうど暑い日ということもあり、みんな自分の好みのリボンを付けてもらい、買っていた。

十分後、女性陣がおそろいの帽子を被って戻ると、そこに白い大きな中古のダンプが止まっていた。今回はフェリーではなく、何とダンプに乗り換えだ。

「こりゃーたまげた。一体全体どこへ行こうと言うのか。こんなでかいダンプで」

男性の医師が声を上げた。

「私たち、まるで砂利か土砂みたいにして運ばれるのかしら。しかも一台しかない。これに全員乗り込むなんて、嘘でしょ」

「あんな高い荷台に乗れないわ」

女性陣は口々に驚きの声を上げた。

マ・メイ・ピョーが心配そうにウミウーにささやく。

「これに全員乗ってどこに行くのかしら」

「大変な旅になりそうですね。でも面白そう」

「ウミウー、何を言っているの。ダンプなんて想像もしなかったわ」

マ・メイ・ピョーはちょっと不安そうな表情だった。

やがて世話役の女性から伝達があった。

「皆さん、このダンプに全員乗り込みます。薬の箱も医療器材もみんなです。手分けして乗り込みましょう」

皆、信じられない、という表情ながらも、わくわくしながら支度にかかった。乗る荷台の高さが高いため、プラスチック製の丸い椅子に足を掛けて、そこに上り、そこから荷台の上に登った。先に乗った男性が上から女性たちを引っ張り上げた。しかし、乗り込んだダンプにはフェリーのような座席は当然なく、皆立ったままだ。多くの女性は左右の側面にもたれて顔を出し、外を眺めている。

「さっき、帽子を買っておいて良かったわ」

女性陣がぎゅうぎゅう詰めの荷台で話す。

立ったままもしんどいが、遮るもののない炎天下、大型ダンプに揺られながらぎゅうぎゅう詰めのまま移動するのも難行苦行だった。揺れるたびに、女性たちはキャーキャーと声をあげた。

約十五分かかって、ダンプは大きな川の岸に着いた。岸辺はえぐられたように落ち込んで、削られていた。見渡す限り河原は平らで凹凸が全くない。川の水は茶色く濁っていて、流れは速い。遙かヤンゴンまで流れていくエーヤワディー川の上流だろうか。向こう岸が眺められない。

全員再び協力してダンプから降りた。川に繋がれた一艘の舟に乗り込むようだ。河原は日本と異なり、砂利ではなく粘土質の土だ。これが何メートルも堆積していて、急流が絶えずえぐっているようで、切り立った崖になっている。それ故、岸から川面に段差ができてしまい、接岸してある舟に乗るのも長い板が必要だ。十メートルはあるだろうと思われる長い板が渡してあり、その上を歩いて乗り込む。まるで曲芸師が一本橋を渡るかのようで、荷物を抱えてスリル満点だ。

「怖い、手を貸して、お願い」

女性たちは叫ぶ。先に乗り込んだウミウーは参加した三人のＰＴが舟に着く時に手を貸してやった。勿論、マ・メイ・ピョーにも手を出すと、彼女はしっかりと握った。最後の一歩を引きつけると、彼女は少しよろけて、思わず彼に抱きつくところだった。

「ソーリー」

そう言いつつ、顔を赤らめた。

「ああ、怖かったわ。ウミウー、ありがとう」

彼女は手を離して舟の中に駆け込んだ。

全員乗り込んで、この大河をさかのぼっていく。どれが対岸で、どれが中州の島なのか分からない。樹木も見あたらない。平坦な堆積地と濁った大河が上流も下流も地平まで続いている。看板も鉄塔もコンクリートの岸壁も、およそ人工的な建造物は一つもなかった。

およそ一時間はかかったであろうか、舟はゆっくりと右岸に向かって近づいていった。

「見て、ウミウー」

「何です」

「あれ。牛車が沢山待機しているわ」

「本当だ。まさか、今度は牛車に乗り換えじゃないでしょうね」

「そのまさかです、きっと」

およそ十台の牛車とそれを「運転」する男たちが牛車の上に立って一行が接岸する辺りに近寄ってきた。

再び長い板を岸に渡して、荷物を抱えたまま陸地に綱渡りだ。今度は村人が陸で手を差し伸べてくれた。

ここから十台の牛車に分散して乗り移る。岸は牛車で行き来するためか凸凹で、歩くにも牛車を引くにも大変そうである。ウミウーはマ・メイ・ピョーと一緒にその一台に乗り込んだ。ゴザが敷いてあるが、牛が不規則に動くため側面の木をつかんで必死に耐える。

牛車の行列も颯爽として、かつ牧歌的だ。岸から離れると、やがて田んぼや草むらなどの普通の田園風景になり、程なく村とおぼしき集落に到着した。

「多くの子どもたちが両側に並んで歓迎しているわ」

「村をあげて歓迎しているようだね」

牛車を降りて一行は道の両側に並んで歓迎している村人の真ん中を百メートルも歩いて、村の中心に建っている木造の二階建ての建物に入った。子どもから老人まで村民全員かと思われるほど多くの人々が好奇の目で眺めていた。

どうやらここは村の学校のようだ。子どもたちは上が白、下が緑の制服のままで一行を歓迎していた。

村に着いたのは夕方だったので、しばらくして夕食となった。二階の広間に丸いお膳が置かれ、料理が並べられる。

ＰＴ三人とウミウーの四人が同じテーブルに着いた。

「今回もよろしくお願いします」

「いいえ、こちらこそ、重度の子どもや肩の患者が来たらお願いします」

「一緒できて光栄です。今回はマ・メイ・ピョーが私たちを誘ってくれて、ご一緒することができました」

二人ともまだ二十代だが、現役で活躍して張り切っている女性たちだ。

夕食はあのモンユワの村に比べると「豪勢」と言ってもよいくらい品数も多く、肉料理もふんだんに提供されていて、満腹だった。

「明日は六時半朝食、八時開始です」

世話役の女性がテーブルを回って伝える。

「ウミウー、疲れましたか。まさかダンプカーや牛車に乗るとは思っていなかったでしょうね」

「でも、楽しい経験でした。牛車も二回目となれば牛の動きにどう合わせればいいか、分かってきました」

「ここはマグウェーの典型的田舎ですが、農産物も多く収穫できて、比較的裕福です。ゴマの産地でもあるのよ。この宿泊場所は村の中心の施設で、小中学校と集会所が隣り合わせに建てられているようです」

「シックな木造の、しっかりした建物ですね。明日の仕事が楽しみです」

「今日は早く休んでください」

男性たちは例によってだだっ広い前方の場所に雑魚寝だ。モンユワで一緒だったウー・ヤン・アウンに会った。

「ミンガラバー、ネー・カウン・ラー」

「ネー・カウン・バデー。また一緒できて光栄です。明日から俺は誘導係で頑張ります。

サヤーの所にも大勢患者を連れていきますね」

彼は若く張り切っている。純粋に奉仕しようという心を持った好青年だ。

「サヤー、毛布と枕、どうぞ。この板の間で、背中が痛いかもしれませんが、我慢してください」

「いいえ、疲れているので、横になったらすぐ寝てしまうでしょう。痛いのなんて感じないうちに熟睡です」

今、マ・メイ・ピョーはどうしているだろうか。もう寝ているのだろうか。マグウェーという田舎の村の同じ建物の下で、同じように思いを寄せているだろうか。

3

次の日、朝から集会所の建物の入口は大勢の人で混み合っていた。例によってここで基本的情報を掌サイズの診療冊子に記入し、誘導係が医師のテーブルに連れて行く。受付から左方向だ。テーブルが五つ並んでいる。今回は男性医師が八名、女性の医師が二名参加していて、充実している。医師の診察・処方が終わると、隣の薬局部に移り、更にリハビリが必要な患者はその横、つまり建物の右角にカーテンで仕切られた「ＰＴ」にやって来た。ウー・ヤン・アウンは張り切っている。

「サヤー、患者さんを連れて来ました。二歳の女の子です」

連れてこられた女の子は母親に抱かれ、不安そうな表情で母親にしがみついている。込み入った話はミャンマー語ではまだ無理なので、ウミウーはマ・メイ・ピョーに通訳をお願いした。彼女がミャンマー語を英語に訳してウミウーに伝え、ウミウーが英語でマ・メイ・ピョーに返答・質問する。

「どうされましたか」

ウミウーが聞く。マ・メイ・ピョーがミャンマー語で母親に尋ねた。

「この子、名前はトトモ、二歳。何とかお座りはできますが、まだ立ち上がることも歩くこともできません。どうしたら良いか迷っています。私の初めての子どもで、育て方も上手ではないためかもしれません。私たち夫婦は親も親戚も近くにいないので、頼りにできる身内が村にはいません。夫は小作で、自分の田んぼがないため、人の田んぼでお米を作ってお金を稼いでいて、貧しいです」

「では、このベッドの縁につかまって立てますか、どうでしょうか。お母さん、やってみていただけますか」

「ミンガラバー、ネー・カウン・ラー。ター・ナイン・ラー（立てますか）」

下手なミャンマー語でウミウーは二歳の女の子に話しかける。母親も優しく励まし、ベッドの横に腰掛け、その膝の上に子どもを座らせた。そこからベッドの縁に手をかけて、「ターバー（立って）」と促す。

でも、トトモは周りを知らない人たちに囲まれ、騒がしい室内では怖いようで、すぐ母親に抱きついてしまった。

それで、ウミウーは持ってきたフェルトの人形や動物、日本のアンパンマンのプラスチックの人形を子の前、つまりベッド上の、子の手の届く位置に置いた。

「お母さん、目の前の人形の方に子どもの関心を向かせてください」

ウミウーがマ・メイ・ピョーに英語で伝えた。何とか子どもの関心が周囲から目の前に向き始め、泣きながらでも視線は前方に向けられた。それを見計らって、ウミウーは子の後ろに回り、母親に代わって子の骨盤を持ち上げた。

「お母さん、トトモの前に顔を出して、おもちゃに関心が向くように話しかけて」

泣きながらトトモは人形に右手を出す。その間、ウミウーは背後から骨盤を支持し、両足を開いて足底に十分体重負荷するよう、床方向に向けて圧縮する。

やがて、触ったアンパンマンは日本語で、

「ぼく、アンパンマンだよ！」

と声を出した。子は面白くなり、アンパンマンをくるくる回したりさすったりする。偶然、アンパンマンの鼻を押した。すると、

「ぼく、アンパンマンだよ！」

アンパンマンは話しかける。いつしか子は骨盤を操作されて「立たされて」いるという事を意識しないままで「立位」を取っていた。

ウミウーは「トーデー（上手）」と褒めた。

何度も何度もアンパンマンの鼻を繰り返して押しては笑い転げた。

そのうち、飽きたのか、子は後ろに意識がいきつつあり、立つのを嫌がり始めたので、つかまり立ちの「レー・チン・ガン」は終わりにした。

ウミウーは母親に話しかける。

「お子さんはつかまれば何とか立つことはできそうです。無理に立たせないで、何かにつかまって立ち上がり、今のように机上やテーブル上に子の気に入ったおもちゃや人形を置いて、それに手を伸ばして遊ぶようになればとても良いと思います。骨盤をこのように支持し、足幅を肩幅程度開き、左右同じ姿勢になるように注意して支えてください。そして可能なら、お母さんは前から子に働きかけ、支えるのはご主人にやってもらうのが良いかもしれませんので、ご主人とはよく話し合い、二人で協力して楽しく、子育てしてくださ

い」

「色々ご助言いただき、ありがとうございます」

「兎に角、焦らないで、楽しく子育てしてください。お子さんが立ったり座ったりしながら楽しく遊べるよう、机や椅子や台やベッドなどを利用してみてください。きっとうまくいくと思いますよ」

ウミウーは優しく包み込むような慈愛に満ちた表情で語った。

母親は、そんなウミウーから子を育てるヒントを教えてもらい、ややほっとしたようだった。やっと母親の顔に安堵の笑顔が見られた。そばで通訳したマ・メイ・ピョーもミャンマー語でPTとしての知識を加えて母親に解説していた。

トトモが気に入ったアンパンマンの人形はそのままプレゼントした。

終わって子もほっとしたことだろう。母親に抱かれて安心した表情を示した。その時、何かの拍子に子どもがアンパンマンを握りしめ、その鼻に触った。

「ぼく、アンパンマンだよ！」

アンパンマンは再び喋った。子が笑った。

ウミウーは子に向かって手を振り、「タッター（バイバイ）」と言った。

子も控えめだったが、手を挙げて緩やかに動かした。そして、ちょっと顔の表情が緩んで笑顔になった。

そのあと、腰と膝が痛い村人が次々とやってきた。三人のＰＴは大忙しで「レー・チン・ガン」に徹していた。一人あたり十分ぐらいで流さないと、とても追いつかないくらい繁盛した。こうして午後も忙しく時間が過ぎていった。

夕食後、外を散策しようと階段を降りると、ちょうどマ・メイ・ピョーがサンダルを履くところであった。

「マ・メイ・ピョー、どこに行くんですか」

「ちょっと周囲を散歩しようかと思って。母のふるさとがこのマグウェーにあり、何だか懐かしくなったの」

「私もちょっと散歩しようと思ったところです。暗くなるかもしれないので、私が懐中電灯を持っていますから、一緒に行きましょう」

そう言って、ウミウーは懐中電灯を掲げて道を照らしながら、敷地の囲われた外に出てみた。広大な田園が広がっている。しかし、例によって、街灯は全くなく、暗黒の闇夜が支配しようとしていた。ふと前方を見ると、僅かに点滅する明かりが揺らめいていた。蛍だ。近くに小川があるのだろうか。夥しい数の儚い命が明滅している。

「ウミウー、とても幻想的」

「日本でも私の地域でも見られますが、こんなに沢山はいません。ほら、つかまえた」

そう言って両手の中にとらえた蛍を覗くように少し開いた。マ・メイ・ピョーものぞき込む。その時、お互いの額と額がぶつかった。

「ソーリー（ごめんなさい）」

どちらともなくそう言った。暗闇の中に確かに感じる彼女の存在。乱舞する蛍の光の点滅。ウミウーは左右の掌を広げて中にいた蛍を闇の中に放した。そして右手を彼女の肩と思われる位置に回すと、自然と彼女の右肩に手が触った。そして、その肩の位置を、体温の感触を、さらには彼女の存在を掌で確かめた。

不自然なまま、彼女を抱きしめる。彼女はそのままウミウーの胸に体を埋めた。温かく柔らかい彼女の体をウミウーは抱きしめた。

「マ・メイ・ピョー、私はあなたが好きだ。そう強く感じる。本当だよ。心の底から深く愛している。君なしでは生きていけない。いつまでも一緒にいたい」

ささやくように話しかけた。

「わたしも」

彼女も微かな声でそう返した。

4

「トウン」

「フニッ」

「ティッ」

ドー・ナン・タウンは室内を何とかリズミカルに歩けるようになった。ウミウーが毎週勤務が終わって訪問リハビリを継続した成果だ。

「ティッ」で右手の杖を右足の前方に出し、続いて「フニッ」で患側の左足を前に出す。最後に「トウン」で右足だ。

「ドー・ナン・タウン、室内を歩くのはとてもうまくなりましたね。今日は階段を下って、外に出てみますよ。私と娘さんが二人がかりで介助しますので、大丈夫です。自信を持って頑張ってみましょう」

「サヤー、それはちょっと自信がないですよ。まだ無理じゃないでしょうか」

「母さんは、いつも尻込みばかり。部屋の中ではしっかりと歩けるじゃないですか。サヤーも手助けしてくれると言ってますよ。できるかできないか、やってみないと分からないでしょ。頑張ってみてね」

「ほら、娘さんも手伝ってくれると言っています。室内を歩くのが既に十分できるようになりました。第二段階は階段の昇降訓練です。とにかくやってみましょう」

そう促されて、ドー・ナン・タウンは渋々承知した。ウミウーが患側である左側を介助し、開けた部屋の扉を通り、階段の踊り場に出た。

その踊り場から七段下って二階と一階の中間の踊り場に到達する。片麻痺の人にとっては特に下りが怖い。一段下に患側の足を下ろして、そこに体重をかけて踏ん張ることが困難な場合が多い。ドー・ナン・タウンも怖がって足がすくんでしまい、最初の一歩が出ない。

幸い下りの右側に手すりがあり、健側の右手でしっかりと握ってもらった。

「娘さん、前から左足を介助して、一段下に真っ直ぐ足底が付くように、下腿と足首を持って誘導してください。私はお母さんの腰を持って倒れないように介助しますから」

娘は階段の下に行ってもらって、左足を一つ下の段に付く時にずれないよう介助してもらった。

「ドー・ナン・タウン、まず左足を前に出しますよ。私が支えていますから大丈夫ですからね」

「べべ（左側）ですよ」

と号令をかけつつ、ドー・ナン・タウンの左足太ももにウミウーは触れて、一段下の階段に出すよう促した。

娘は上手に左足を誘導着地した。間髪を入れずウミウーは声をかけた。

「はい、次に右足ですよ。ニャベ（右側）」

「トーデー。この繰り返しです。いいですか、ティッで右手手すりを少し下に移し、フニッで左足、トウンで右足。この順序で下の踊り場まで行きましょう」

あと六段。ウミウーも必死で頑張った。ドー・ナン・タウンも真剣そのもので緊張したが、やっと二階と一階の間の踊り場まで下ることができた。

既に半分も下ってしまった。途中で投げ出すことも逆戻りも不可能だ。いずれにしても踊り場に留まることはできない。ドー・ナン・タウンもウミウーも必死だ。息を整え、深呼吸して気持ちを落ち着かせる。

「ドー・ナン・タウン、あと七段だけです。同じペースで繰り返しますよ。それでは」

「ティッ」

「フニッ」

「トウン」

「その調子です。ゆっくりでいいですよ」

何とか二階から一階に降りることができた。そこから路上までは下水の蓋や段差があり、二人がかりで介助して、やっと道路の中央にたどり着いた。道路はかまぼこ状なので、中央が盛り上がり、左右の端がカーブして低くなっていて、歩きにくい。絶えず後ろから車が来ないか注意しながら十メートルほど進み、引き返した。ちょうど横に駐車していた車に背をもたせ、休む。ドー・ナン・タウンはやや疲れた表情だった。

「サヤー、何カ月ぶりかで外を歩きました。外の空気を吸って元気になりました。やはり外の世界は活気がありますね。でも、車や人が多くて気疲れしてしまいます。道も凸凹で絶えず足元に注意を払わなければならないですね、大変だわ」

「ドー・ナン・タウン、よく頑張りました。では階段を上って部屋に戻りましょう」

再び凸凹の道を注意しながら階段の上り口に到達した。今度は右側に手すりがない。

「ドー・ナン・タウン、今度は右手は杖を使いますよ。一段上に出します。ティッで右手杖です。次にフニッで右足、素早く出します。トウンで左足です。これはゆっくり上げてくればよいですよ。この繰り返しで七段上ります」

真ん中の踊り場までたどり着いた。一メートルほど横に歩き、二階までの七段の上りにかかった。ドー・ナン・タウンも疲労困憊ぎみで、下肢の筋力も限界に近づきつつあった。それでも娘の声かけとウミウーの腰の介助で、ようやく二階にたどり着いた。

「あとはベッドまでの平らな十メートルだけです。チョーザーバー（頑張りましょう）」

ベッドに端座位になり、両足をベッドの上に載せてベッドの中央にずりながら移動して、やっとほっとした表情になった。

「ドー・ナン・タウン、お疲れ様。頑張りましたね。大変でしたが、何とか階段を上り下りして路上を歩くことができました。トーデー。さぞ疲れたでしょう。あとはゆっくり休んでください」

「サヤー、正直に言えば、どうなるものか冷や冷やでした。階段の途中で、転倒したらどうしようか、とばかり考えていて、怖かったです。それでも、何とか階段も道も歩けると分かって自信がつきました。まだ一人では無理ですが、少しずつ頑張りたいと思います」

「サヤー、本当にありがとうございました。内心は無理じゃないかと不安でしたが、サヤーの手助けで、介助すればできると分かりました。まだ私一人では無理ですが、サヤーがお越しの時にまた挑戦してみたいです」

「ひとまず、私の目標は達成しました。私は五月には帰国しなければなりません。それまでにドー・ナン・タウンには一人で自立して歩行できるよう手助けしたいと考えています。可能なら娘さんだけの介助で家の外に出られれば、将来どこかのデイサービスが開始された時に、出かけていくことも可能だと思います。それに備えて、移動能力だけは自立か軽介助で生活できるようにしておくのが私の願いでもあります」

「サヤー、そんな先のことまで考えていてくださるなんて、感謝にたえません。五月帰国ですか。それまでに少なくとも室内での歩行が確実にできるよう努力します」

ドー・ナン・タウンはしんみりとして答えた。そして気持ちを切り替えて娘に何かを指示した。

娘は奥の冷蔵庫に行き、中からフレッシュ・ジュースを持ってきた。

「サヤー、お疲れ様です。感謝の気持ちでいっぱいです。喉も渇いたでしょう。どうぞお飲みください」

「何もお構いなしですよって、この間言ったはずなのに、申し訳ないです。どうか気にしないでください。これが最後ですよ。もうなしですよ。では、ありがたくいただきます」

ウミウーは今度も感謝を込めて、両手を合わせて二人に祈ってからいただいた。赤い色をしたジュースはスイカだった。諄くなく、あっさりとした甘みのスイカのジュース。ゴクゴクと喉を潤した。一仕事終わって、ほっとした身には極上のジュースだった。これで入院から退院、そして在宅でのリハビリ訓練と、継続して一貫性のある、つながった取り組みができた実感があった。あとはドー・ナン・タウンが前向きに生活することを祈ろう。

5

三月二十日金曜日夜六時、ミャンマーに派遣された協力隊ボランティアのうち、ヤンゴン市内で活動している隊員がサクラ・タワーの七階にあるＪＩＣＡ事務所に呼ばれた。ヤンゴンだけでなく、古都マンダレー、高原の避暑地ピン・ウー・ルウィン、旧都バゴーなど遠隔地に派遣されていた若者もシニアもいたが、今回は「緊急ブリーフィング」のため、全員を招集する時間がなく、ヤンゴン市内の人に限定されたようだ。

広い会議室に、仕事を終えたばかりの十名の隊員たちは不安な表情で参集し、知り合い同士小声でひそひそ話をしている。夜六時五分、「緊急ブリーフィング」が始まった。隊員の世話を一手に引き受けている協力隊調整員から、出席したすべての協力隊員に「可及的速やかに」帰国命令が伝えられた。

「新型コロナ・ウイルスが世界中に蔓延し、今やパンデミックの様相を呈してきました。各国で出入国の制限が始まり、医療の脆弱な国では蔓延したらワクチンもなく、十分な医療が受けられずに命を落とす危険性が高いと言えます。この際、全世界の協力隊員は、ＪＩＣＡが確保する可能な限り早い航空機で一刻も早く一時帰国することが求められます。

この今という時期を逃すと、次に帰国できるのがいつになるか、見当もつかない状況です。従って、派遣されて、日も浅い隊員もいるかもしれませんが、残された任期の期間にかかわらず、また、個々人のいかなる理由によらず、全協力隊員の命を守るため、リスクを回避するのが最大の、そして最優先の決定となりました。これは日本の本部の決定であり、その意向が最大限優先されます。莫大な帰国費用がかかったとしても、隊員の命には代えがたいと判断されるに至りました。

各自必要な物品は赴任した時に持ち込んだスーツケースに詰め込み、帰国の準備を行ってください。特に来たばかりの隊員にとっては残念至極で心残りでしょうが、これは全員の安全と命を考えたうえですので、何とか了承していただきたい。アパートや宿舎の管理や契約解除などはすべて、残されたＪＩＣＡ職員が君たちに代わって行います。

正直に言えば、近い将来再びミャンマーの地に戻って来られるかは全く分かりません。一時帰国となりますが、君たちの任期の延長はなく、一時帰国中に任期が切れたら、そこで終了となってしまいます。とにかくコロナがいつ終息するのかは誰も分からないのが実状です。

スーツケースに必要な物をできるだけ詰めて帰国します。その作業をこれから急いで行ってください。今分かっていることとしては、シニア・ボランティアが来週、青年のボランティアもその数日後に、便が確保され次第帰国することになります。帰国の日にちと便に関しては決定次第各自にメールでお知らせします。なお、仕事先との引き継ぎなどは各自が明日以降、残された時間のうちで、勤務先にて執り行うようお願いします。以上です」

ウミウーは任期を二カ月残すだけだったが、隊員の中には着いて間もない人も、まだ半分も終わっていない人もいて、何とか滞在を延ばす方法がないか、荷物はどうするのか、中途の活動はどうするのか、など次々と質問があった。しかし、日本の本部で決定された全世界的指示であり、どうしようもなかった。皆泣きたい心境であった。心残りでもあった。


その日の夜、ウミウーはマ・メイ・ピョーに電話した。

「マ・メイ・ピョー、今晩は、お元気ですか。マグウェーが懐かしいな。思い出します。マ・メイ・ピョー、明日会う時間はありますか」

「午前中、ＰＴの会議があり、昼には終了します。そのあとでしたら、時間が取れます」

「じゃあ、ヤンゴン総合病院の救急外来の入口で会いましょう」

「分かりました。タクシーで駆けつけます。時間は一時頃になるけれどいいかしら」

「ええ、大丈夫です。お待ちしています」

「何か急用なの」

「実は今日、日本のＪＩＣＡ本部から世界の協力隊員全員に急遽帰国指示が出されたんです」

「何で急にまた。それでいつ日本に帰るんですか」

「多分来週には便が決まり次第帰らなければならないと思います」

「何でそんなに急に。私どうすればいいの」

「とにかく、明日一時に。どこかで昼食を取りながら話しましょう」

「では、明日」

　とうとう別れが現実になってしまった。任期は五月まであと二カ月近くあったが、それを切り上げての帰国になった。それも一週間か二週間の猶予しかない。

　明くる土曜日午後一時、ウミウーはヤンゴン総合病院外来入口に着いた。今日も大勢の急病人が救急車で後から後からやってきた。入口の外に佇んで、それらのあわただしい人の出入りを見ながら、その合間に到着するタクシーに目をやる。着いては乗客を降ろし、すぐ立ち去るタクシーの流れ。女性が降りるたびに目を凝らして見つめるが、なかなか見つからない。

一時十分過ぎ、一台のタクシーからサングラスをかけた彼女が降り立った。彼は近づいて、

「マ・メイ・ピョー！」

と叫んだ。

彼女は振り向いて笑顔を返した。そしてサングラスを外した。

「お久しぶりね、ウミウー。会いたかったわ」

「私もです。忙しい時にごめんなさい、呼び出したりして」

「何言っているの、会えるのはうれしいわ」

二人は並んでラン・マ・ドー通り沿いの歩道を北に向かって歩きだした。ボージョー・アウン・サン通りに着く直前の病院側の大きな木に黄色い花の房が茂っていて、その下を通った時、甘い香りが匂っていた。

「何かとても良い香りがしますね。あの木の上の黄色い花が香っているようですね」

「あっ、あれはバダウッという花。ミャンマーの正月の前に咲く花です。ミャンマーの国を代表する美しい花です。正月が近づいたある日、雨が降ると一斉にこの木の枝中に黄色くて小さな花をつけます。あのアウン・サン・スー・チーも髪によく挿しています。女性

は長い髪を束ねて、そこにこの花の枝先を挿して愛でます。一昨日の夜、雨が降ったでしょ。それで一気に咲き始めたんだわ」

ウミウーは、先端に鈎状の針金が付いた棒で高い木の上の花房を引っ掛けて取っていた男の子に、

「君、悪いけれど、その花房少し分けてくれないか」

と聞いた。

「いいよ、ほらっ、引っ掛けて下の方へ引っ張るから取って」

小学生くらいの男の子がにこりと微笑んだ。

ウミウーは手を伸ばして、垂れ下がっていた黄色い房を辛うじてつかむことができた。その先端のつぼみの多い小枝を取った。マ・メイ・ピョーは長く垂らした髪を上手に束ねて後ろで丸めて留めた。ウミウーは、マ・メイ・ピョーの、束ねたその髪に、バダウッの黄色い花房を挿した。

「ほら、とても素敵だよ。それに良い香り。君の紫のロンジーにとても良く似合うよ。まるで私たちに正月が来たようだ」

「男の人に挿してもらうなんて、恥ずかしいわ」

彼女は微笑んだ。

それから二人は並んで歩き、ボージョー・アウン・サン通りを十分ほど西に歩いてワー・ダン通りに着いた。その角には五階建てのビルがあり、その三階にはあの「フィール」があった。通りを見通す窓側の席を決め、二人で料理の陳列されているプレートを覗く。

「鶏肉料理はこれ、そして豚肉料理はそれ、そして野菜はあれ、それに焼きめしもあるわ」

マ・メイ・ピョーと一緒に料理を何品か注文した。デザートは隣のプレートにこれもいっぱいある。プリン、ゼリー、焼き菓子など幾つか注文した。

席に戻ってしばらく外の景色を眺めた。けだるい三月の下旬、平和な、安らかな世界が眼下に広がっている。

「昨日の話は本当なの」

思い詰めたように、マ・メイ・ピョーは話を切り出した。

「昨日、ＪＩＣＡ事務所に協力隊員が呼ばれて、速やかに帰国するよう指示されたんだ。君も知っているように、コロナ・ウイルスが世界中に蔓延し、日を追う毎に多くの人が亡くなっている。もし世界中に蔓延すれば、発展途上国で奮闘している多くの協力隊員は帰国できなくなり、医療が脆弱の国では命を落とす危険性が高い。出入国も制限されようとしており、今後のウイルスの趨勢と隊員の将来を東京の本部で検討し、ひとまず全員、それも世界の協力隊員全員を一時的に帰国させると決定したようだ。勿論膨大な費用がかかるが、それよりも隊員の命を優先するのが大切と判断したに違いない」

「では、一時的なのね」

「そうだが、どのくらいの期間、日本で待機しているのかはコロナ次第で、数年かかるかもしれないし、来年には終息して戻って来られるかもしれない。いずれにしても、今後世界がどうなるか全く見当がつかない」

「でも、帰国を延期したり、断ったりはできないの」

「それはＪＩＣＡから派遣されているので無理だと思う。いわば、日本という国の税金を使って派遣されている以上、自分勝手には行動できないんだよ」

「じゃあ、あなたは日本に帰ってしまうのね」

そう言われて、ウミウーは箸が止まってしまった。料理も重苦しくなり、喉を通らない。

マ・メイ・ピョーは今にも泣きそうに、瞳に涙が溢れていた。それを隠そうと、窓の外に顔を向けた。ウミウーは右手で彼女の左手の上に被せ、握りしめた。

「きっとすぐに戻って来るよ。きっとだよ。安心して待っていて。ＪＩＣＡの任期は五月で終了する予定だったので、帰国が二カ月近く早くなったと思えばいいのかもしれない。

どっちみち五月には帰国しなければならないはずだった。今度は、ＪＩＣＡの派遣ではなく、全くの個人としてやってくることもできる。そのほうが、色々な制約もなく、自分の思ったようにミャンマーの患者たちのために働くことができると思う」

「きっとよ。私のこと、忘れないでね。毎日、仏陀に祈って待っているわ」

「毎日メールを交わすこともできるよ」

「いつ、帰国するの」

「分からないけれど、シニア・ボランティアが先に、来週あたりに帰国し、そのあとで我々青年協力隊員が続くらしい。いずれにしても帰国の便を人数分手に入れることができるかにかかっている。ＪＩＣＡはお金があるから航空運賃が値上がりしても何とか入手できると思われるので、ほぼ予定通り、三月の下旬か四月の初旬、つまりミャンマーの正月の直前に出発するだろうと思う」

「残された日数はあと十日前後だわ。すぐ、あなたは帰ってしまうのね」

マ・メイ・ピョーは潔く腹をくくったような表情で話した。

「では明日の日曜日、私の家に夕食を食べに来てください。母も兄も会いたいと思うわ。一時帰国のお別れ会。是非、来てくだささい、ウミウー」

「分かった。明日伺います。時間は」

「六時でどうかしら」

「ＯＫ。では明日六時、バスで伺います」

「場所は分かりますか」

「アーロンのバス停を降り、そこから団地の中を入って左手の建物の四階でしたよね」

「はい、そうです。なんだか今日は食欲がなくなってしまったわ。でも、ご馳走、せいぜい食べましょうね」

彼女は表面は勝ち気に繕っていても、心の中はショックで立ち直れないように、ウミウーには感じられた。気丈に振る舞うけれど、この別れが一時的になるか、遙か永遠になってしまうかは、誰にも分からなかった。外の路上では人々はゆったりと歩いていた。マ・メイ・ピョーの髪に挿したバダウッの花房の香りが切なくウミウーの胸にしみてきた。バダウッの花もティンジャンも、今年はこれほど切ないものになるとは想像もしていなかった。

6

ウミウーは木の扉をノックした。中から声がした。

「どなたですか」

「ウミウーです」

「はい、分かりました。お待ち下さい」

折りたたみ式の木のドアを開け、鉄の格子扉の鍵を開けて、マ・メイ・ピョーが出迎えた。

「待っていたわ。母も兄もいつ来るかと首を長くして待っていました。さあさあ、遠慮せずに中に入って」

マ・メイ・ピョーは山吹色のTシャツにジーパン姿で、ラフな格好だった。その後ろには母親も笑顔で出迎えてくれた。

「ウミウー、お元気ですか。お待ちしていましたよ。お腹も空いたことでしょう。さあ、テーブルにどうぞ」

車椅子に座っていた兄が、松葉杖を使って立ち上がり、ウミウーに近づき握手を求めた。

「ウミウー、お元気ですか。お久しぶりです。この間、私の油絵を買っていただきありがとうございました」

「いいえ、とても素敵な絵で気に入っています。まだ額がないので、そのままですが、アパートの居間に飾っていて、毎日食事やパソコン作業の時に眺めています。心が安らぎます」


「それは望外の喜びです。お腹が空いたでしょう。一緒に食べましょう」

そう言ってテーブルに座るよう促した。四人が腰掛け、マ・メイ・ピョーが話し始めた。

「今日は我が家庭にウミウーに来ていただき、喜びに堪えません。私にとっては家族も同然です。母が作ったミャンマー料理をいっぱい食べてください」

テーブルの上には炒めて煮付けたエビ、鶏肉の揚げたもの、豚肉と野菜の炒めもの、空芯菜のニンニク炒め、酸っぱいスープなど、典型的なミャンマー料理が並び、それらをマ・メイ・ピョーはウミウーの皿に少しずつ取り分けてくれた。

「遠慮しないで、沢山召し上がってください。どれも母の十八番の料理よ。ご飯もお代わりしてくださいね」

「ありがとうございます。サーロ、カウンデー（美味しい）。アヤーダー、シーデー（とても味が良い）」

賑やかで楽しい夕食に話が弾んだ。

しばらくして、ウミウーが尋ねた。

「ウー・アウン・チョー・ウー、お願いがあります」

「何でしょうか」

「記念にもう一つ、あなたの絵がほしいのですが」

「どんな絵がご希望ですか」

「実は、マ・メイ・ピョーの絵を描いてほしいのです。日本に帰国したあと、いつでも彼女を思い出せるように。帰国まで時間があまりないので、無理かもしれませんが、お願いできますか」

「ウミウー、やだわー。何を言うのかしら、恥ずかしいわ、私の絵なんて」

「写真もいいですが、私はウー・アウン・チョー・ウーの描いたマ・メイ・ピョーの絵がほしいんです」

「分かりました。元が美人でないので、良い仕上がりになるかどうかわかりませんが」

「いいえ、妹さんはとても笑顔が素敵な、典型的ミャンマー美人です。きっと私にとって最高の思い出になると思います。それと、これはあくまで作品として私が購入しますので、相当の代金はお払いします。決してプレゼントなんて言わないでください」

「やだわ、ウミウー。兄の描いた私の絵にお金を払うなんて」

「そうですよ、これは俺にプレゼントさせてください。問題はモデルの件と、時間の制約です。モデルの質はこの通りで、これ以上でもこれ以下でもありません。ご了承下さい。期日ですが、少なくとも一週間はかかります。ウミウーはいつ帰国予定ですか」

「まだはっきりと分かりません。航空券が確保され次第、速やかに帰国せざるを得ませんが、早くて一週間後、遅くとも十日後だと思います」

「と言うと、三月下旬、二十七日か二十八日頃が期限でしょうか。三月二十九日が日曜日。その日までに、あるいはそれ以前に完成してお渡しできるように頑張ります。それにしても忙しくなるな」

ウミウーはうれしいような、寂しいような、複雑な気持ちになってしまった。絵でなくて、実際の彼女とこのように言葉を交わし、笑顔を見つめ、手を握ったほうが遙かにすばらしいのは分かっている。しかし、一旦帰国したら、次に再び戻ってくるのはいつになるか自信がなかった。これからどんな事態になるのか予想もできなかった。それにもかかわらず、ウミウーには戻れるような予感がした。このまま永遠に別れが訪れることは考えられなかったし、それは仏陀の望むことではないと信じていた。むしろ、敬虔な仏教徒のマ・メイ・ピョーの日々の功徳の行いを知れば、きっと仏陀に祈りが通じるに違いないと確信した。実際の生身の彼女にすぐに再会できるならば、彼女の似顔絵なんかいらないのではないかとも言えたが、それでも写真ではなく、油絵で自分の身近に彼女を感じていたいと、ウミウーは不思議とそう思った。

ウミウーが言った。

「今日はこのようなご馳走を私のためにしていただき、感謝に堪えません。とても幸せを感じます。日本に帰国しても必ず近いうちにまたヤンゴンに戻ってきます」

「ウミウー、記念に、あるいは思い出に、何か日本の歌を歌ってほしいわ。お願い、歌って」

「ミャンマーでは日本の歌というと、長渕剛の『乾杯』が有名だそうですが、私は今の気持ちを、自分の好きな歌で表現したいと思います。でも、日本語なので、意味が分からないでしょうが、ご勘弁を。それでは」

ウミウーは心を落ち着かせて歌い出した。

いつまでも絶えることなく
友達でいよう
明日の日を夢見て
希望の道を

空を飛ぶ鳥のように
自由に生きる

今日の日はさようなら
　またあう日まで

ウミウーは森山良子の『今日の日はさようなら』を歌った。今の気持ちにぴったりの曲だった。また会う日は、果たしていつになるのだろうか。

7

緊急ブリーフィングの四日後、ミャンマーでもコロナの患者が二人出た。不気味な前兆だった。

シニア・ボランティアが三月二十六日木曜日、夜九時の全日空の直行便で成田に向けて飛び立った。次は青年隊員の番だ。

翌二十七日金曜日昼休み、ヤンゴン総合病院の外来の研修室にリハビリテーション科のPT全員に集まってもらい、急遽帰国について伝達した。マ・イーは、

「ウミウー、沢山教えていただいて、ありがとう。感謝でいっぱいです。でも、きっと戻って来てよ。すぐにね。きっと、きっとですよ。待っていますからね。あなたにOTの

こと、沢山教えてもらい、勉強になったわ。患者さんたちも、きっとみんな感謝していますよ。職員も全員、感謝しています。チェーズーティンバデー、シーン」

マ・イーの飾らない、気持ちの籠もった、真っ直ぐな挨拶に、目頭が熱くなった。

「皆さん、本当はずっと、ずっとここで働きたいと思っています。できるだけ速やかに、ここに戻って来るつもりです。またお会いしましょう。出発は数日後ですが、まだ日にちは決まっていません。荷物の準備などもあり、ここでの仕事は今日三月二十七日金曜日でひとまず終了します。本当に皆さんには感謝の気持ちでいっぱいです。ありがとうございました」

誰からともなく拍手が起こった。ウミウーは目に涙をためて、深々とお辞儀をした。

マ・イーは経験の積んだPTなので、OTに対する訓練の本質的なポイントは押さえていて、彼女に後のことはすべて任せようと、ウミウーは思った。

訪問している患者さんや、入院と外来でみている患者たちにも事情を説明した。

「サヤー、何をおっしゃいます。大丈夫ですよ。ミャンマーにはコロナなんてまだ感染者が殆どいないじゃないですか。ここにいた方が安心に決まっているのに、何故日本に帰らなければならないんですか」

そのように意見を伝えるミャンマー人が殆どだった。皆、一様に、

「サヤー、お帰りをお待ちしていますよ。きっと近いうちにこのヤンゴンでお会いしましょう。きっとですよ。仏陀がサヤーの再訪を見守ってくれますように」

と、温かい言葉をかけてくれた。

その夜、マ・メイ・ピョーから電話が来た。

「ウミウー、今晩は。マ・イーからも聞いたわ。あなたがヤンゴン総合病院で最後の挨拶をしたと。本当に帰ってしまうのね」

「きっとすぐに帰ってくるから」

「あのー、兄がプレゼントの絵が完成したって。どうしましょう」

「出発が今週末か、それとも月末の来週か、あるいは四月以降にずれるか、今のところ分からない。家に伺う時間がなかなか取れないな。どうしようか」

「では、私がこれからタクシーで持っていきましょう。サガーランでしたね。多分、三十分くらいで着くと思います。待っていてね」

「アパートの外に立って待っています。気を付けて来てください」

夜の帷の下りたサガーランは街灯も少なく、通行人もなかった。野良犬の遠吠えが聞こえた。三階の部屋を出て階段を下って外に出た。マハ・バンテューラ通りから入り込んでくるタクシーに目を凝らした。Ｔシャツにロンジー姿のウミウーはどう見てもミャンマー人にしか見えない。こうして裾を翻してゆったりとロンジー姿でいるのもあと数日だ。感傷に浸っていると、目の前にタクシーが止まった。マ・メイ・ピョーが小脇に荷物を抱えてタクシーから出てきた。

「ウミウー、今晩は。待ちましたか。ごめんなさいね。なかなかタクシーがつかまらなかったの」

「いいえ、ちょっとしか待ちませんでした。あなたがいつ来るかとわくわく、どきどきしながら、そしてどんな色の服で来るのだろうかと楽しみにして待っていました」

「恥ずかしいわ。今日は普段着のジーンズだし、ラフなブラウスなの」

彼女は赤と黄色の花柄のついた白いブラウスを着ていた。

「はい、これ。兄からのプレゼント。お金は受け取れません。兄はそう言っていました」

「それは困るな。お兄さんに代金をお支払いしなくちゃ」

「これは、兄の気持ちです。そのまま受け取ってね。今度来られた時にはもう少し大きくて、ミャンマーらしい絵を買っていただきます。それまでせっせと絵を描いてお待ちしていますと、言ってました。この絵、包装されていて、どんな絵か私も分からないの。日本に帰ったら、開けて絵を見てください。それまでのお楽しみ」

「今すぐにでも見たいけれど、荷造りに忙しいし、スーツケースにこれを何とか入れたいので、大事に日本まで開けずに持っていきます」

「では、ウミウー、元気でね」

そう言うと、マ・メイ・ピョーはサガーランをアノーヤター通りの方向に向かって足早に歩き出した。ウミウーは走って彼女に追いつき、その左手の手首をつかんだ。

「待って、マ・メイ・ピョー。一緒に歩こう」

すると、彼女はゆっくりと歩き出し、やおら振り返って彼を見つめた。彼女の瞳には涙が光っていた。屋台もなく、歩く人も少なく、サガーランは静かだった。

「マ・メイ・ピョー、待っていて。きっと帰ってくるから」

マ・メイ・ピョーはウミウーの胸に顔を埋めて泣き崩れた。ウミウーはその彼女を強く抱きしめた。オイオイと泣いていた彼女は、顔を起こし、ウミウーを見つめて、

「信じているわ。では、さようなら」

ウミウーの腕をほどき、通りかかったタクシーに手を上げ、ドアを開けてそのまま乗り込んで西の方向に去っていった。ウミウーは絵の包みを持ったまま、夜のヤンゴンの通りをただ悲しく眺めていた。

8

三十日月曜日、ＪＩＣＡからメールが届いた。明日の夜、つまり三十一日火曜日夜九時出発と。慌ただしい時間があっという間に過ぎ去った。シニアに続き青年の協力隊員も全員、このミャンマーから撤退する。

ヤンゴン国際空港は出国する外国人や日本人でいっぱいだった。すべての手続きと検査を終了して、搭乗ラウンジの椅子に腰掛けたウミウーはマ・メイ・ピョーに電話をした。

「マ・メイ・ピョー、ウミウーです。今空港です。もうすぐ飛行機に搭乗です。いろいろありがとう。すぐ戻ってくるからね」

「約束よ。寂しいけれど、待っています。ウミウーとは心がつながっていると信じて生きていくわ。毎日、仏陀にお祈りしています。あなたが好き。会いたい。私のこと、忘れないでね、お願い」

電話を切ると、寂しさが彼を覆い、すべてが幻のように感じられた。目の前に存在しなければ、どこにその存在を確信すれば良いのだろうか。頭の中のイメージか、写真か。いや、そうではなかった。存在は目を閉じて、心の中に浮かび上がった。おぼろげな像の中に何か確実な姿として浮かび上がる。しかし、それをつかむことも、抱きしめることも、何もできないのが悲しかった。今、ミャンマーを飛び立つ。それだけが確実なことのように思われた。

日本に帰国したあとは、休職していた元の国立病院に復帰して、再び慌ただしい日本での生活が始まった。コロナは終息することなく、かえって世界的に大流行し、日本人の渡航もミャンマーへの入国も、すべて停止し、日本でも日ごと多くの死者が出て、コロナの感染拡大は猛威を振るっていた。

そして、十カ月後の二〇二一年二月一日。アウン・サン・スー・チーが突如拘束され、軍部によるクーデターが起こった。二〇一五年の総選挙で誕生した民主的な政権があっという間に覆され、再び軍部による民衆の支配が復活し、彼女とNLDが目指した社会は瓦解してしまった。真に民主的な国は絵空事だったのだろうか、とウミウーは思った。

マ・メイ・ピョーは職場の医師やPTと共にCDM、つまりヤンゴン小児病院の職場を放棄し抵抗する運動に参加し、通りをデモして歩くようになったとメールで伝えてきた。毎日のように、どこそこの通りで何百人の若者たちとデモをした、とメールが来た。軍と警察の締め付けも過激になり、民衆に銃を向け、多くの負傷者を出した。テレビを見ていて、そこにマ・メイ・ピョーがいるのではないかと、心配し、目を凝らして画面を見つめた。

そして、ある時から全くメールが来なくなった。ウミウーがメールだけでなく、フェイスブックなどあらゆる手段を用いて連絡を取ろうとしても全く音沙汰なしだった。

四月十九日、送り主不明のメールが届いた。画面の英文を読み始め、ウミウーは驚いた。

『ウミウー、お元気ですか。私はマ・メイ・ピョーの兄のウー・アウン・チョー・ウーです。残念なお知らせがあります。私の愛する妹マ・メイ・ピョーが先週、軍に抵抗するデモに参加してスーレー・パゴダ通りを練り歩いている時、軍が突然横道から現れ、デモの市民に向けて無作為に発砲、二十人以上の死傷者が出ました。その中の一人が妹で、ほぼ即死のようでした。亡骸を家に迎え、葬式を済ませたところです。妹のポシェットにはあなたと一緒の写真が入っていました。いつも大事に持っていたようです。本当に残念です。悲しくてなりません。母も毎日泣いています。ウミウー、あなたの親切と優しさ、そして妹に対する至上の愛には感謝しています。私たちはまだまだ抵抗する覚悟です。どうか平和な日が再びやってくるのを祈ってください。そしてどうもありがとう』

ウミウーは信じられなかった。部屋に飾られたウー・アウン・チョー・ウーからの贈り物の絵。それは横座りで手を合わせてシュエ・ダゴン・パゴダに祈りをささげているマ・メイ・ピョーの敬虔で一途な姿であった。目を開けてひたすら仏陀に祈る、髪の長い、あのマ・メイ・ピョー。「すぐに戻ってくるから」と彼女に約束したのに、本当に永遠に会えなくなってしまったのか。マ・メイ・ピョー、我が愛。永久に愛する人。ウミウーは絵を見つめていると、後から後から滂沱たる涙が彼の頬を伝わって流れていった。

梅﨑　利通（うめざき　としみち）

1950年、神奈川県生まれ。詩人、作業療法士。教育学博士。1975年１～３月、解放直前の南ベトナム滞在。同３月、横浜国立大学経済学部貿易学科卒業。1981年３月、国立療養所近畿中央病院附属リハビリテーション学院作業療法学科卒業（第６期生）。同年４月、国立療養所箱根病院附属リハビリテーション学院開校に伴い、作業療法学科教官として入職（2003年３月の閉校まで22年間勤務）。2003年４月、附属リハビリテーション学院閉校に伴い、国立療養所箱根病院（現在、独立行政法人国立病院機構箱根病院）に配置換えし、リハビリテーション科作業療法室勤務。2005年３月、東洋大学大学院文学研究科教育学専攻博士後期課程修了し教育学博士の学位を授与される。2011年３月定年退職。同年４月から2014年３月までの３年間、帝京平成大学健康メディカル学部作業療法学科特任教授。2006年、2008年、2010年から2016年までの７年間の年末から次の年の正月にかけての１週間、ミャンマーの無医村で医療ボランティア活動（横浜YMCA主催）。2016年５月20日からJICAシニア・ボランティアとしてミャンマーのヤンゴン総合病院で働く。2018年５月19日帰国。現在、神奈川県南足柄市在住。今も通園施設で子どもの作業療法（OT）に奮闘中。

［著書］

1979年　『詩集　悲しみの蒼穹』（自費出版）
1986年　『ベトナムに学ぶ　私が私であり続けるために』（風祭書房）
2000年　『ベトナムの揺れる黄昏』（朱鳥社）
2006年　『筋ジストロフィーを生きる』（朱鳥社）
2007年　『臨床実習指導者論　作業療法の臨床実習における学生の学びと指導者のあり方』（朱鳥社）
2010年　『詩集　梅雨滂沱』（朱鳥社）
2011年　『風祭412の思い出』（風祭書房）
2015年　『詩集　ひとしずくの涙』（朱鳥社）
2019年　『ヤンゴン・リハビリ日記』（東京図書出版）

表紙イラスト　しゅえ ゆるりん

ミャンマー、わが愛

2023年9月24日　初版第1刷発行

著　　者　梅﨑利通
発 行 者　中田典昭
発 行 所　東京図書出版
発行発売　株式会社 リフレ出版
〒112-0001　東京都文京区白山 5-4-1-2F
電話 (03)6772-7906　FAX 0120-41-8080
印　　刷　株式会社 ブレイン

ISBN978-4-86641-659-5 C0093
Printed in Japan 2023
日本音楽著作権協会(出)許諾第2304529-301号